作 文 課 沒 教 的 事

培養寫作力的6項修練

王乾任——著

自序／寫作不是靠靈感，而是有方法可以練習

文／王乾任

三十歲那年，我決定離開職場，以寫作維生。

這件事情無論在當時還是現在，在台灣還是國外，都是相當困難的事情。眾多的作家當中，只有極少數人可以單靠稿費維生，多數人都仍需要其他工作支撐。

不知怎麼地，我就是有一顆憨膽，覺得這條路可行，毅然決然投入。

為了賺取稿費，我上圖書館蒐羅各種報章雜誌上的投稿欄位，只要我能寫且有稿酬的全都納入清單，每天早上起床就是寫稿、投稿。

夢想很遠大，現實卻很殘酷。投出的稿子多、留用的少、退稿的多。其中還有某大報副刊編輯特地來信，請我以後不要再投稿給他們。

那件事情給我的打擊很大，卻也成了我研究寫作方法的契機。剛好那段時間我在租書店看《東大特訓班》，漫畫裡偶爾有一些文字小單元，其中一個小單元講解了Essay的寫作方法，我死馬當活馬醫，試著用書上講的寫作技巧，寫了一篇時事評論，投稿給報紙上的民意論壇。結果，竟然留用了。再寫，再投其他媒體，竟然也留用了。

就這樣，我發現一件事，寫作是有方法可以訓練的，於是我開始蒐羅與閱讀這方面的書籍，練習書上的方法，並且更加積極地投稿。漸漸的，文章被留用的機率大幅提升，退稿數量減少，而且我的寫作速度也加快了不少，稿費的收入也慢慢充實起來。

幾年之後，已經能靠稿費收入維生，我也有了自己的專欄版面，還有三十幾本著作。寫作速度大幅提升，一個小時可以寫完四千字初稿，平均十五分鐘就能寫完一千字。提升寫作速度，大量完成稿件，增加投稿數量，提升上稿率，是我最後能夠順利成為職業作家的關鍵能力。

後來有人邀我開寫作課，我開始嘗試將所讀過的幾百本寫作方法與作家傳記中的重點，加上我自己的寫作經驗，歸納、提煉出一套磨練寫作能力的方法。

我發現一件事情，文章寫不好或寫不快的一個原因，是因為我們很少鍛鍊寫作所需的基礎能力就直接開始寫，也不了解文章構成的內在邏輯和規格要求，導致文章雖然寫得出來卻未必有效，也未必能讓人讀懂，或引發爭議，更別說空有修辭技巧卻無實質內涵。

在這本寫作書中，我花相當大的篇幅整理出一批可以鍛鍊寫作基礎能力的方法，只要透過這套方法，分別鍛鍊字、句、段落與文章構成所需要的能力，即便不去背誦或套用修辭技巧，寫作力就能自然而然的提升，文章也能變得扎實而有效，讓人讀得懂。

之所以想出這本寫作方法書還有一個原因，我認為坊間的寫作書都太集中在探討文學寫作，忽視了生活中所需的各種日常寫作的需求。生活在網路時代，每個人每天打開電腦面對的就是大量的文字閱讀，以及閱讀後必須以文字撰寫感想與心得回應，或是透過文字和其他人溝通交流思想和工作上的事情。

這本書中談到的寫作基礎能力的鍛鍊，有助於我們更高效率的完成日常生活寫作，且能讓訊息更有效的傳遞與交流而不至於產生誤解。這是我出版這本書的初衷，希望讓大家知道，寫作並不難，不會作文或寫不了文學創作不代表就不會寫作，寫作的世界很浩瀚而遼闊，且有一套基礎心法可以鍛鍊，即便練出來的功夫寫不了文學，應付日常生活和工作卻是綽綽有餘，而這類型的寫作力是我們每一個人都需要具備的基礎求生能力，所以有了這本書，不奢談文以載道或文辭優美，只求正確地將訊息傳遞出去的寫作力的養成。

當然，如果勤於練習書中的各種技巧，走上職業作家之路，投入文學創作領域也絕對沒有問題。

目次

寫作大補帖

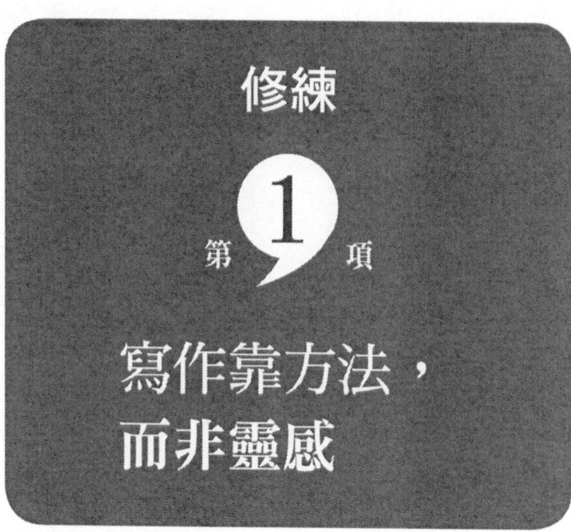

知名作家如村上春樹、史蒂芬金、艾西莫夫、海明威等人也都不是靠天分或靈感維持寫作生涯的創作能量，而是靠規律的作息，持續不輟的勤勞筆耕，還有大量閱讀與作家自己開發的獨特寫作習癖累積出來的豐碩成果，別再相信靈感論了，拋棄只有有天分的人才能寫作的迷思吧！

台灣的出版市場上，一直不缺教人寫作文的書。

不過，作文書滿天飛，自認不會寫作的人還是很多。對於寫作，不少人還是覺得困難。

仔細追究原因，我發現，不少人在離開學校後，就忘了寫作這件事情，如果工作沒有寫作的需求，忘得更澈底。有一些人則認為，寫作是作家的事情，寫作需要有才華，寫作得靠靈感，自己沒才華也沒靈感，因此不可能會寫作。還有一些人認為，自己雖然能寫點東西，甚至能在部落格上發表，但寫得不好，而且被很多作家或評論人嫌棄為膚淺、沒水準，於是也不認為自己寫的是東西能夠當真，算不上嚴格意義的文章寫作，當然也無法自稱為作家！

其實，通通都錯了！

我們腦子裡對於文章、寫作、作文與作家的觀念，多來自從小到大的作文課，這些作文課與國文教育深深地綁在一起，而我們的國文教育偏偏又是相當特別的一種語言教育，不重視邏輯思考與表達，更重視文章審美與修辭涵養之鍛鍊，結果在此——「國文教育觀念」主導影響下的作文課，常常就成了文學寫作課，造成了許多自認不配或寫不出文學的學生終身的痛，離開學校後對於寫作從此感到害怕與恐懼。

不是說文學不好或不重要，文學很好也很重要，但如果把寫作與文學寫作畫上等號當做基礎教，那就大錯特錯！

寫作是包羅萬象的存在，文學書寫只是其中的一種類型（還相對困難，需要厚實的基礎），還有非文學寫作、學術（論文）寫作、商業寫作、日記隨筆等等。

說個有趣的事，曾經有個報紙找我開寫作專欄，要專攻論說文寫作的介紹，找我的編輯原先是這麼說的，他發現現在的學生，抒情文與記敘文寫得很好，但碰上論說文就七零八落，曾經試過在利用版面徵文徵論說文文章，結果來稿實在不忍卒睹，很想試試看開專欄來扭轉一下這個狀況。

我當然義不容辭地答應了，也試寫好了一篇，結果卻沒能開成專欄。原因可能是我力有未逮，不過也可能是沒市場，仔細想想，大考好像不太會考論說文，既然不考，當然沒人想學！

那麼，論說文不重要嗎？或者說，非文學寫作不重要嗎？

當然不是！

基本上，一個正常的成年人十八歲從高中畢業考入大學之後，往後人生除非對文學特別有興趣，有志於文學創作這條路，或者寫情書要浪漫之外，基本上人生沒甚麼機會再大量撰寫抒情文與記敘文，更多需要經常撰寫的反而是論說文。偏偏這個經常需要使用的文體，卻是最多人感到吃力的文體！

關鍵在於，論說文寫作需要的不是修辭技術（只要會白描法就足以寫作論說文了），而是邏輯思考與分析能力，這個在台灣的大學以前的體制教育是不會教的，不教邏輯思考是學不好論說文寫作的，於是就算很多寫作書講了論說文的論證與例證方法，很多人還是學不會論說文寫作，因為不懂論證要如何建構才是有效的論證，不懂使用邏輯推理，不懂推論技巧，寫不出論說文。

寫不出論說文，會有多慘？

記得我上大一碰到一個大學老師，每年都對大一新生交來的課堂報告感到憤怒，覺得大一新生卻連報告不會寫。後來我想想，懂了，因為我們不懂大學課堂報告的Essay（小論文）的寫法，而且從小到大的作文課都沒教過。

出社會之後，不懂論說文寫作技巧的人，在職場上連個像樣的企劃提案或工作會議紀錄都寫不好，因為不知道如何鋪排文章的起承轉合，不知道如何使用論證來支持論點，說服你的同事或主管接受你的主張。花了大把心力熬夜製作的企劃案，老闆卻瞄了一眼就退回，你以為是老闆否定你的用心故意羞辱你？其實，不是！是不懂企劃寫作規格與重點讓老闆一看就知道這是份無效的企劃案。

講了那麼多論說文的事情，無非是想說明，寫作不是靠靈感或天才，或許某些類型的寫作（如寫詩）需要靈感與天分，但絕非所有的寫作都只能仰賴靈感與天分，包括一般人認為的小說、戲劇，更別說一般的散文、論說文，還有各式各樣的商業應用文，這些文章的寫作都是有規則可以依循的。

這兩三年來，台灣出版市場上開始出現一些教人寫作技巧的書，像是《超棒小說這樣寫》、《超棒小說再進化》、《這麼動人的句子，是怎麼想出來的？》、《麥肯錫寫作技術與邏輯思考》、《自由書寫術》、《心靈寫作》、《狂野寫作》、《創作，是心靈療癒的旅程》、《寫，就對了》等關於寫作方法論的作品，還有一些介紹知名作家寫作作息的書，像是

《寫作的祕密》、《創作者的日常生活》，認真地從作家的生活面和寫作方法面拆解了寫作的天才論與靈感論的迷思，終於開始把寫作這件事降到凡間。

寫作方法是可以教導的，也是可以透過系統化的方法學習磨練的，你所熟知的知名作家如村上春樹、史蒂芬金、艾西莫夫、海明威等人也都不是靠天分或靈感維持寫作生涯的創作能量，而是靠規律的作息，持續不輟的勤勞筆耕，還有大量閱讀與作家自己開發的獨特寫作習癖累積出來的豐碩成果。

諸位正捧在手上閱讀的這本書，也是接續這個意義而推出的。我相信，只要讀者學會這本書裡所介紹的寫作方法與練習技巧，懂得寫作所需理解的邏輯心法，掌握文章的格式，蒐集資料來完成論證與論點，每個人都可以輕鬆學會寫作，寫作一點都不難！

一、具備寫作力的好處

交代了寫作此書的理念之後，接下來談一談學會這本書中所介紹的寫作方法的好處吧？構成本書的內容，基本上脫胎自我在Mr. 6的公司、新莊社區大學以及我自己開設的「從此寫作非夢事」、「快速寫作」、「快速閱讀」等課程的內容，還有一些翻譯的寫作方法書的啟發（詳見書末列的參考書單），我相信只要按照本書中所提示的方法，按表操課，就能學會快速、大量且持續寫作的秘訣。當然啦，學會秘訣還不足以能夠快速寫作，還得花上一段時間勤加練習，這我不能說謊框你！不過，熟練之後，半小時內寫篇千字文是沒啥大問題的！

我自己就是透過這套快速寫作技巧，維持全職寫作工作超過十年。

說說我自己的故事。從研究所時代就一直在出版業打工，一心想找份跟書有關的工作，後來發現自己的資質不適合當編輯（因為太過粗心），卻陰錯陽差得到了幾個寫稿賺錢的機會，越寫越有興趣之餘，開始到處毛遂自薦與亂投稿，居然也給我上了，於是我壯著膽子繼續幹下去，且心想有一天要當個全職文字工作者。

研究所畢業，退伍後，很快地找到一份還不錯的工作，下班和週末就寫稿，累積寫作經驗。不過，大概是當時兼差性質，許多人都容忍我的胡說八道，讓我的自信心莫名其妙壯大，直到我三十歲正式離開職場，轉為全職文字工作，開始大量投稿之後，才開始被迫面對殘酷的退稿現實，甚至曾經有某個報紙版面的編輯來信奉勸我不要再投稿給該刊，因為他們不可能錄用我的文章！

老實說，我已經忘記當初收到退稿信的心情了，應該是很難過吧？但是，難過退卻也不是辦法，體認到從小眾冷門刊物跨到大眾刊物的艱辛，以及寫作風格和體力上調整的必要性，於是我開始找資料，找各種關於寫作或思考的書來讀，然後在《東大特訓班》的漫畫裡，學到幾招寫作論說文的基本技巧，開始依樣畫葫蘆地練習寫看看並且投稿之後，居然退稿率慢慢下降了，於是我更積極找各種與寫作思考閱讀相關的書來讀，模仿書裡教的方法。

另外，讀書時也開始留意作品本身的寫作技巧，作者為什麼在這裡講理論而在那裡談故事，慢慢地好像也摸出裡面的竅門，更多大膽的嘗試從書上學到的寫作技巧去撰寫文章、投稿，反覆練習，記取成功經驗，改進失敗經驗，於是退稿逐漸減少而錄用稿件逐漸增加，且我的寫作守備範圍從原本的數項擴大到十多項。

目前，從我最一開始寫作的書評與出版觀察，到後來陸續開展的時事評論、兩性、職場、信仰、勵志與生活小品，乃至採訪寫作等等，夯不啷噹十幾種寫作類型，每個月自己規定完稿數量，交叉著寫並且向各種版面投稿，又有幸陸續接到一些出版社的寫書邀稿，逐漸奠定我每天寫作一到三篇文章，每天寫稿千餘字到萬餘字不等的寫作肌耐力，在這個並不容易的寫作圈裡，硬是靠寫作活了下來，陸續出版了三十幾本書，每個月寫出數十篇文章發表，幫人代筆，而且還開了寫作班，開始傳授我自己逐步摸索並歸納出來的快速寫作心法。

一路走來，要感謝的人真的很多，讓我這個不諳寫作之道的人最後竟然能靠大量寫作累積微薄稿酬，賣字維生！

所以如果你問我，學會這套寫作心法有什麼好處？

那麼我可以告訴你：

A. 勤能補拙

像我這樣沒有寫作天分與才能的人，都能靠著反覆練習寫作方法成為全職文字工作者，其他原本就有寫作能力的人，肯定能夠做的比我更好！

此外，這套寫作方法也是要打破寫作必須是天才，不該奢望自己是其中一分子的迷思，誰說沒有文才、文采，不能從事寫作工作？

只要使用這套方法，勤加練習，就能補拙，至少能求活！

B.提升工作率

如果不想成為全職文字工作者，只是一般上班族，學會這本書裡的寫作秘訣，可以讓你縮短日常文書工作所花費的時間。別人寫會議紀錄、工作報告、企劃提案……，可能需要花上一天，你只需要兩個小時就可以完成。

工作效率大幅提升，而且還能寫得比別人更好！

C.賺外快

就算工作不太派得上用場，學會這套寫作技巧，接點出版社的組稿案件或投稿報刊雜誌賺點小外快，在低薪時代替自己加加薪，也是不錯的！

每天省下一到兩小時上網或看電視的時間，拿來寫作，將作品投稿到各大報章雜誌或發表於自己的部落格，開個專屬的帳戶，存投稿賺來的稿費，堅持下去，很快地你會發現驚人的報酬，還有難以以言喻的成就感。

D.網路防身術

現代人每天都生活在臉書、ＢＢＳ上，學會本書傳授的寫作秘訣，除了可以輕鬆反駁網路上那些似是而非的錯謬言論之外，寫文章主張立論也能寫得又快又好，贏得更多的讚與轉貼分享，如果剛好需要經營公司的臉書粉絲團或部落格，這本書也一定對你有幫助！

練習

- ✓寫下為什麼你沒有時間可以寫作的理由？
- ✓學會寫作，想要成為什麼樣的寫作人？

二、下筆之前，先做這四件事情！

不過，開始學習寫作技巧之前，得先做一件事，想想自己是否有話想說，非寫不可？

然後，放下「文以載道」的想法，不要把寫文章的事情看得太嚴肅、太重要，更不要覺得自己下筆為文，就非得寫出曠世巨作。

再來，放下心中的道德小警總、文學評論家身分，不要擔心寫得好不好，不要邊寫邊改不要擔心寫出來的東西太負面，不成熟，就是把心中想法全部寫下來就好。

最後，培養寫作肌耐力，了解自己目前的寫作實力，誠實的面對自己，不要過分高估自己也不要好高騖遠！

我們接下來分別談一下上述四點：

1. 捫心自問，是否有話想說？

太陽花學運期間，網路上突然冒出了大量的優質文章，撰文者皆非你我熟悉的作家或文字工作者，而是研究所或大學生，其作品水準之高與論理之清晰，讓人驚艷。

三二四之後，有個擔心學生衝行政院而跟著去的新手爸爸，平安回家後的早上，透過臉書私下寫信給我，說要告訴我他當天看到的經過，請我幫忙改寫成文章。但當我讀完他陸續寫給我的文字後，告訴他這寫得非常好，我不會改，只是稍微排版並寫了一個簡單的卷首語，就放在我的臉書上發了出去（他請我幫忙發文），後來轉發分享人數衝破好幾百。

為什麼原本我們以為連報告都寫不好的大學生，甚至連對自己文筆都沒自信的年輕爸爸，能寫出優質好文章？

很簡單，因為他們心裡有話，非說不可。那股迫切想說的心情，真誠而懇切，使得提筆撰文時自然而然地講出該講的話來，真誠且沒有多餘的修飾，能夠直接打中讀者的心，讓人感動，引發共鳴！

寫作經驗較豐富的朋友也應該都知道，每當心裡有股不吐不快的氣時，寫起文章來常常如行雲流水般，一鼓作氣寫完，回頭再看，竟然也不太差！

每一個寫作人在提筆為文之前，首要之務，要捫心自問，自己是不是真的有話想說，甚至是非說不可，不吐不快？

如果是，那麼即便不懂寫作的方法，還是能夠寫出好文章，不過，如果懂得寫作的方法，可以寫得更快更好就是！

身為一個人，無所不能寫

或許你會質疑，可是我捫心自問了，並沒有覺得特別想寫的文章？

那麼，我想你應該就不會是正在讀這本書的讀者才是！

萬一你正在讀，但卻覺得好像沒什麼特別想寫的，或許可以想想以下四點：

A.想想每天的生活

想想每天的生活，從早上起床到晚上睡覺，你的生活周遭，有沒有發生過什麼令你印象深刻的事情？

只要仔細想，一定至少有一兩件值得記錄下來的事件！像是中午吃飯時不小心聽到隔壁桌的客人好像在偷情？ＥＱ很差的老闆又在飆同事洩憤！今天搭公車時被人搭訕了……。

我們每天生活中發生很多事情，其中有一部分事情牽動我們的情緒反應，讓我們不自覺地在內心產生了感受和評價。

只要腦中浮現對特定事件的評價感受時，不妨試著把事件的經過和你的評價感受記錄下來，即使只有幾個字或一兩句話，那就是寫作的開始。

紀錄的原則是，先仔細描述事件經過（事實陳述），接著再對事件進行個人評價（好惡皆可，但是，評價必須說出理由，不能只是一個感受）。

例如：

中午吃飯時，聽到隔壁桌的媽媽媽，不斷稱讚自己的小孩聰明、可愛、漂亮……，然而，這個孩子並沒有做了甚麼值得誇讚的事情，讓我聽了覺得很不舒服，我認為，父母不應該過度誇讚孩子，教養專家也認為，孩子不應該過度誇讚……。

練習

✓ 練習寫下一件最近發生在自己身上，令你印象深刻的事件，並且給予評價！

B.想想自己的專業領域

三百六十行，無論你從事哪一行，你所身處的產業環境、公司與職位，必然賦予你獨特的思考模式，也從中學會了與其他行業有別的做事、行規或專業術語，也讓人不自覺地特別留意跟產業或自己工作職務相關的消息。

例如，金融從業人員格外會留意財經新聞，分析事理也多半會從金融角度切入。

不妨試著從自己的工作專業領域，找找看有無發生重要而值得紀錄的事件？如果有，試著紀錄這個事件的來龍去脈，並且以你的專業素養解析這個事件，找出旁人所不知道的價值與意義。

寫作與自己專業領域有關的事件或評論，是尋找寫作主題的第二隻腳。

我有個寫作班的學生，本身是資產顧問公司的老闆，他在上完課之後，便私下找我諮商，因為他想結合自己的專業和父親的身分，寫一本關於親子理財的教養書，這就是他從自己日常生活與專業領域的結合找到的寫作主題，我覺得是非常好的發想。

其實，每個學有專精的專業人士都應該想一想，該如何使用書寫，替這個社會留下一些自己擅長的know-how？

練習

✓假設你今天被公司老闆指派，必須替公司寫一篇公司內部通訊，主題是向公司同仁介紹你的工作職掌，試著寫一篇介紹你的工作職掌的文章！

C.個人興趣嗜好

第三個發想切入點是個人興趣嗜好。

我相信，每個人除了專業工作與日常生活之外，都有自己的興趣嗜好，像我就很喜歡看書與逛書店，也很喜歡吃美食和出國旅行，每次出國旅行一定會去逛書店、吃好料，這些就成為我寫作個人日常生活隨筆與專業領域文章之外的第三隻腳，有空的時候我也會寫寫吃喝玩樂的札記，放在部落格上和讀友分享！

部落格上有不少精采的生活風格類文章，就是學有專精的專業人士的個人興趣嗜好的紀錄，不信您打開電腦翻閱常逛的部落格或臉書粉絲團，上面一定有很多人的本業並非所寫之文章，都是利用公餘之暇撰寫的娛樂文字，像我身邊一些金融業的朋友就很愛在臉書上分享自己吃喝玩樂或旅遊的文章。

想想自己的興趣嗜好可以怎麼轉化為文字與人分享吧？

練習

✓試著寫下最近一次出門旅行的經驗，或者寫一篇文章，介紹你個人的娛樂嗜好！

D.社會大小事

尋思寫作主題的第四腳，靠的是每一個人的公民身分！

無論你是誰，做什麼工作，有什麼興趣嗜好，收入多或少，是男或女，一定都是某個國家的公民。

身為公民，關心自己國家正在發生的重大事件，是責任也是義務！

太陽花運動期間，網路上出現的許多優質文章，都不是專業的政治人物所寫，甚至不是專業的社會評論家所寫，而是來自各行各業的社會人士，利用公餘之暇，以個人專長回應時事議題而寫就的文章。

社會充斥著急需公民關切的議題，絕對不怕找不到可以寫作的主題，如果關心社會的話。公民關心公共議題並不一定就是碰政治，而且碰政治未必就是「貶抑詞」，而是民主國家，身為國家的主人——公民的責任與義務！

不妨想想最近國家發生的大小事，有沒有與你切身相關或必須關切的事件？試著提筆寫下對這些事件的感想與看法吧？

練習

✓從四大報或網路新聞，找出一則你關心或有感觸的報導，試著撰寫一篇評論！五到八百字為限！

2. 拋棄「文以載道」的綑綁吧！

癱瘓國人寫作力的第二個綑綁（第一個是靈感論與天才論），是隱藏在體制教育的作文課背後的「文以載道」思想框架。

對岸每年都傳出有寫得極好的高考作文被打零分，原因無他，文章內容政治不正確，竟敢拐彎抹角的批評政府或公然違背中國儒家倫理道德規範（君君臣臣父父子子），一律零分。

雖然說，台灣這些年經過教改後好一些了，不過早些年在黨國體制教育底下成長的人，每一篇作文最後都要加上「三民主義、統一中國」等口號的人，離開學校後很難對寫作有好感。此外，現階段體制教育的作文，還是暗含某種道德正當性的評分標準。也就是說，文章不會光看文章的立論、論證與修辭是否夠好，還要看行文中的道德是否符合當下社會主流價值，或者說，符合主政者認可的社會價值。

舉例來說，在國高中的作文課寫一篇冒犯「老師」，嘲諷「總統」或充斥負面言語的文章，就算立論、論證與修辭都好都對，也可能在道德規範上過不去而被老師要求重寫（或許如今已經不敢直接打低分了）。

暗含「文以載道」觀的作文教育，讓公民們從小就在自己的腦中深植一套「道德小警總」，認為不尊師重道，違背或批判社會主流價值的文章不可以寫，否則會被懲戒或要求重寫。

真正的寫作教育，是澈底解放寫作者的心靈，只要寫作者想得出來且寫得出來又寫得夠好，什麼主題內容、立論與修辭都可以寫，那怕是負面黑暗思想、色情、血腥、暴力！

真正好的文學創作一定會碰觸暴力、色情、血腥之類的議題（就連《聖經》裡都有一堆），因為那是人性生命中最重要的課題，在某種社會道德框架範圍內才被允許的寫作，是不可能寫出真正優質的作品，因為寫作人已經自我審查，先行否定了某些開展文本的可能性，把自己局限在某些範圍之內。

為了避免誤會，好像我是在提倡鼓吹色情、暴力書寫，我得做個附加補充說明。我的意思是，為了追求並完成真正意義上的寫作，寫作人如果在書寫過程中碰到了血腥色情暴力等既有社會道德框架不容許的部分，也不能自行選擇迴避或切除，反而必須直面並將之書寫下來，最後再來考慮是否要發表或刪除。

也就是說，審議的過程是在書寫完成之後，且根據每一個寫作人自己固有的價值信念，而非在書寫過程之中就先行讓價值信念介入，並且做出判斷，就像學術研究，不能在研究過程碰到與自己倫理道德違背的就切除或迴避，而是完成研究之後，再以個人的價值信念對研究成果本身給予評價，如此才是尊重寫作本身的態度！

好的寫作人必須拋棄內心的「道德小警總」，拋棄作文教育灌輸給我們的文以載道，該寫什麼就寫什麼，不被任何道德框架綑綁，妨礙了文本創作過程的開展順暢。

再者，身處消費社會的我們，許多文字書寫的目的並非傳遞道德規範，而是為了完成工作或販售產品，處理的是「**輔助社會運轉**」所需的消費性文字，以描述、紀錄與溝通的功能為主，而非傳統道德文章的評論、審美與道德教化，如此消費性文章只要通順、邏輯清晰、觀念正確、言之有物、無錯別字即可，無須過分重視修辭技巧或道德意涵。

練習

✓紀錄最近一次上餐館用餐的經驗，單純只是把用餐經驗如實記錄下來，不要評判其好壞！

3. 放下完美主義，拋棄文學評論家的綑綁

寫作人第三個應該掙脫的綑綁，是內心的完美主義與「文學評論家」身分對自己所寫文字的過度嚴苛評判，這是很多人之所以不敢寫作或自認不會寫作的原因。

每次我的寫作課上，一定都有同學反映，自己過去在寫作時，常常邊寫邊想，覺得這個詞不好，那個想法不對，結果把自己搞得窒礙難行，越寫越沒興趣，越寫越不想寫！

白話文運動有句口號「我手寫我口」，很適合用於破除文學評論家的綑綁。

其實很多人誤解了「我手寫我口」，「我手寫我口」的意思固然是要寫作人把內心的想法全都記錄下來，更重要的意思其實是要寫作人全部先寫下來再說！不在書寫過程中預先去評判腦袋萌生的文字修辭是否正確或優美，單單只是先把文字全都寫下來。

不要讓道德小警總或文學評論家陪你寫作，寫作的時候，單單就是你跟你自己的大腦，腦中浮現什麼思想文字與修辭就記錄下來，先不要去想對不對、好不好，單單就是寫，等全部寫完之後，到了改稿的階段再來面對思想與修辭的問題。

不要讓社會道德應然……限制了你的寫作！單單傾聽你的文字想要告訴你的訊息，忠實地記錄下來，不要羨慕或忌妒別人的作品（你永遠不知道你所讀到的作品在完稿發表之前是何等模樣），接納真實（而不完美）的自己，是寫作人必經之路！

在第4項修練，我們會介紹破除「道德小警總」與「文學評論家」綑綁的練習寫作技巧，等不及的讀友可以先往後翻，偷看一下沒關係！

記住一件事情，寫出一篇只有二十分的草稿，比空幻想自己將會寫出九十分的稿件來得更重要！寫作祕訣無他，把腦中那份爛稿子先寫出來，之後再來修改！

4.了解並培養寫作肌耐力

解開了綑綁寫作人的謬誤迷思之後，在開始寫作之前，寫作人應該先行掂掂自己的斤兩，了解一下自己的「寫作肌耐力」。

要如何掌握自己的寫作肌耐力？可以做幾個簡單的測試，評估一下自己的狀況：

是否經常有演講、授課的需求？

平日講話是否有條理？

思維邏輯是否清晰？

專業領域相關的議題，是否有出人意表的論點或經歷？

有無固定寫作與發表的習慣？

一般來說，平均多久能寫完一篇文章？

覺得自己寫起來舒適的文章長度為何？

一天／一上午／一小時約莫能打多少字？

一天之內，能夠持續寫作多久？

列出自己最多人瀏覽／迴響的前十篇文章？了解一下文章風格偏好與讀者的評價？

掌握自己目前現階段的寫作肌耐力水準是很重要的，就像剛開始重量訓練的人不可能馬上挑戰三、五十公斤等級的啞鈴，一定是從初階開始，慢慢往上調整，學習寫作或鍛鍊寫作肌耐力也是一樣，必須按部就班，一點一滴的累積。若是平常沒有寫作長篇文章，或者長時間寫作的經驗，雖然勉強要寫也是可以，但出來的成品往往不會太好，不然就是寫作過程非常痛苦。

無論現階段測出來的寫作肌耐力強度是高還是低，都沒關係，只要跟著本書接下來的章節，一步一步地把每一塊學好寫作的步驟鍛鍊起來，從寫日常筆記日記隨筆開始，往簡單的心得感想評論寫作推進，再逐步往大型長篇文本開展，重點是持之以恆的練習與書寫，維持並強化寫作肌耐力，才能真正成為成功的寫作達人！

練習

✔做個打字速度測驗吧！了解一下，自己目前一分鐘能打多少字！

章末Memo：

想要提升寫作能力，最首要也是終身之務，是擴充字彙量，盡可能地擴充，因為寫作人永遠會有字彙貧乏、不敷使用的問題。擴充字彙量（資料庫）是開筆練習寫作的頭等大事，是以成為本書第2項修練的內容。

想要提升寫作能力，最首要也是終身之務，是擴充字彙量，盡可能地擴充，因為寫作人永遠會有字彙貧乏、不敷使用的問題。擴充字彙量（資料庫）是開筆練習寫作的頭等大事，是以成為本書第2項修練的內容。

一、為什麼要擴充字彙量？

以前每次看到品酒師使用來描述紅酒口感的字彙時，都覺得太過誇張了吧？怎麼我自己都喝不出這麼多口感，根本是唬爛吧？

直到我看了日劇《神之雫》，講到主人翁從小如何被父親訓練品酒的情節，才知道原來品酒達人有一套自己訓練表述酒之口感的專門方法（讓品酒師直接品嚐各種東西的味道，建立味覺描述的字彙對應資料庫），不懂的人只會以為在胡謅。

同樣的道理，文章之所以寫不出扎實的內容，未必是修辭技巧的問題，而是從根本上來說，用於表達想法的字彙不足的緣故。

不相信的話，試著以文字描述自己父親的身形容貌。寫完之後，再請認識你父親的朋友幫讀讀看，能否從你的文字中辨認出所寫之人就是你的父親？

當我們要深入描述某個人或物時，才會體悟到缺乏足夠字彙的問題。

從事寫作與教學工作後，更加深了我對於想要具備流暢的寫作能力，字彙資料庫必須盡可能擴充的想法。就像品酒師經過專業訓練，擁有了足夠用來形容各種酒品的超大資料庫，才得以常人無法置信的豐富字彙，表述紅酒的口感。

字彙是寫作的最基本單位。沒有字彙，無法組成句子、段落與文章。簡單來說，沒有字彙，就不可能寫出文章。

而且還有一點很重要，寫作所需擁有的字彙資料庫，遠多過閱讀時所需要具備的數量。

相信不少人開始學英文後，應該都買過《讀懂英文新聞必備的三千個英文單字》這類型的語言學習書吧？這類書的主旨是說，當一個人腦中擁有三千個英文單字的實力，基本上就能讀懂英文文章。

別人怎麼想我不知道，只是當年的我，傻傻地以為，擁有三千個英文單字的字彙量，就能寫出英文文章。

原來讀得懂，不代表用得出來。只是當年的我不懂，下場當然很慘，英文作文的成績始終拉不上來。

再舉一個例子，一些好文章常常會得到如下評價，「你的文章寫出了我心中的想法，我想說但卻沒辦法說得像你那麼完整」，這其實也是因為寫作人腦中擁有的字彙量夠豐沛，得以選擇精準而深刻的概念表述意見的緣故。

總之，能寫出好文章所需要的字彙量，遠比讀得懂文章要多得多。以比喻來說，約莫是十比一的關係。也就是說，閱讀時具備一萬個字彙實力的人，寫作時只能流暢的使用一千個字彙左右（這裡所指的字彙，不是個別的中文方塊漢字，而是作為觀念想法與理論的字詞概念，例如：資本主義、伊底帕斯情結、字彙、捷運、冬至等等）。一般來說，至少具備5萬個字彙，才算及格的寫作人。

社會知識庫

字彙，在社會學理論中亦可稱之為「社會知識庫」。

「社會知識庫」是儲存人類用以表達觀念、想法的資料庫，是人類世代以來持續累積下來，用以描述、解釋、預測世界，與人溝通互動的符號系統，是由古今中外的人類通力合作完成，雖可能由某一個人創造部分，卻不單屬於某一個人，且每一個人都能為「社會知識庫」增加意涵。

舉例，「婉君」如今又有了網軍的意思。

也就是說，文字是屬於社會／公共的，不是個別人所能擁有／壟斷／決定其含義的正確性與否。語言是與時俱進的社會約定俗成物，沒有哪一種語言比較純粹或美好的事情。

二、擴充字彙量的七種方法：

1. 九宮格日記
2. 關鍵字聯想法
3. 加字練習
4. 禁語寫作
5. 文字接龍
6. 字詞代換
7. 廣博的閱讀

上述七種擴充字彙庫的方法，基本可以歸納為兩大類。一到六都屬同一類，旨在協助寫作人往內探索，挖掘腦中原本就擁有但卻因為少用而生疏、忽略或遺忘在潛意識深處的字彙庫。

佛洛依德認為，人的意識可以簡單分為意識與潛意識兩大區塊，意識僅是露出海平面的冰山一小角，沒有浮上檯面的潛意識藏了人類從小到大所經歷和學習的一切。一到六項寫作練習，好像挖掘潛意識這口豐沛但卻被人塵封的井裡的水一樣，活化過去學習後卻因為疏於使用而塵封的字彙。

第七類的閱讀則是往外探求，盡可能的學習掌握自己還不知道的字彙，並且透過一到六的寫作練習，活化之。

接下來，我們將逐一介紹每一種練習的秘訣與背後的原理。

1. 九宮格日記

日記寫作的方法有很多，接下來的章節會再介紹其他的日記寫作技巧，在擴充字彙的部分，我將介紹「九宮格日記」。

九宮格日記是《小習慣決定你要哪一種人生》的作者佐藤傳開發的一套日記資材掌握技術，對於尚無法以文字敘述完成當天日記的人來說，是記錄日常生活中重點事項的好工具

九宮格日記不需要使用者寫出完整的文章，甚至連完整的句子敘述都不需要，只要根據九宮格的分類，回想當天有無發生相關之事件，將事件的「關鍵字」填入表格內，即完成。

抓取關鍵字，是寫作的第一件事，常常以關鍵字表述內心想法、可以提升想法與文字精準連結的能力，也就是精確用字力。

人際關係	興趣嗜好	感情生活
金錢議題	時間／日期	健康管理
家庭相關	工作事業	願望理想

九宮格日記練習

九宮格日記，協助寫作人練習從生活中抓出值得紀錄的重點，養成紀錄生活與基礎寫作的習慣。

練習

✓準備一本筆記本，從今天起三個月內，每天製作一份當日九宮格日記，將每天發生的事情，以關鍵字的方式重點摘錄。

範例：

人際關係	興趣嗜好	感情生活
晚上、朋友、小酒館、聚會、阿里巴巴、總統府、台大	讀書 地獄漢堡店、符號帝國、G先生	無
金錢議題 七萬擇男論	**時間／日期** 二〇一五年一月三十一日	**健康管理** 喝酒要節制
家庭相關 老婆回娘家、省親	**工作事業** 大員通訊、寫作方法	**願望理想** 寫稿順利

2. 關鍵字聯想法

小時候每次去溪邊，最喜歡玩拋石子的遊戲。雖然我的技術很差，石頭總是沒辦法像蜻蜓點水般在水面跳躍，但還是很喜歡玩。特別喜歡石頭丟入平靜的水面後泛起的漣漪，一層層水波向外擴散，覺得有一種寧靜的美好。

後來開始從事寫作後，覺得發想文章主旨，乃至字彙的推敲，過程很像拋石入水所產生的漣漪效應。

文章的最後，常常並不採用一開始看到問題後，從腦中爆出的概念或想法，而是順著第一個浮上心頭的念頭，逐步往外開展，推敲後所得到的答案。

浮現腦中最初的那個關鍵字，是俗稱的靈感。創作人會把握住靈感，但並不是逕自使用，而是繞著靈感，展開「聯想」，將靈感延伸、擴大、縮小、代換，試試看會出現什麼不同的變化，將這些變化全都記錄下來，再從俯視的角度，挑選最合適的來用。

進行「關鍵字聯想」的時候，要順應自己內心的感動，不要因為浮上心頭的想法與世俗觀念扞格就消滅掉，總之先記錄下來，因為那可能只是達到目的地的過程，並非最後的答案。不用先急著消滅它。

創作最重要的，是不讓任何力量干預「發想的過程」，令其無所阻礙的自由開展，直到某個令人覺得恰如其分的答案浮現之前，不要停止。

舉個例子，當我讀到網路上有個女生，宣稱自己將來的配偶，月薪沒有七萬是不會加以考慮的事情之後，我很想寫篇文章回應這樣的觀點。於是我把「月薪七萬」這個概念當成石子，拋入腦海之中，展開「關鍵字聯想」的過程：

月薪七萬↓金錢很重要↓資本主義社會，重視金錢↓拜金↓條件論↓錢多就是優秀的好男人嗎？↓那女人又如何，漂亮就是優秀的好女人嗎？↓那周杰倫跟昆凌相配嗎？↓如果不相配，為何會在一起？↓擇偶應該有金錢／容貌排序的門當戶對以外的考量吧？↓那會是甚麼？↓內在善的性格契合嗎？↓七萬擇男論是否是當代資本主義社會中的單身男女，因為內在善與外在善的落差所導致的結果？……

透過關鍵字聯想法，逐步推導出寫作該篇文章的一些觀點與概念，找出可以放在文章裡的東西。

有興趣的朋友，不妨也以「月薪七萬」作為發想的原點，將陸續浮現腦中的想法，記錄下來。

上述的關鍵字聯想，屬於進階版的實戰應用。在這裡先介紹一個入門版的練習，不熟練寫作的朋友，可以先從以下幾個題目開始練習起：

關鍵字聯想練習

✓ 我的父親

範例：

我的父親→70歲→退休→住在嘉義→喜歡散步→愛算牌→買大樂透……

月薪七萬（進階版）

範例：（同內文）

月薪七萬→金錢很重要→資本主義社會，重視金錢→拜金→條件論→錢多就是優秀的好男人嗎？→那女人又如何，漂亮就是優秀的好女人嗎？→那周杰倫跟昆凌相配嗎？→如果不相配，為何會在一起？→擇偶應該有金錢／容貌排序的門當戶對以外的考量吧？→那會是甚麼？→內在善的性格契合嗎？→七萬擇男論是否是當代資本主義社會中的單身男女，因為內在善與外在善的落差所導致的結果？……

我的父親

我的志願

月薪七萬

3. 加字練習

記得有一次看電視劇《鐵齒銅牙紀曉嵐》，乾隆皇、紀曉嵐跟和珅三個人在御花園玩賞，乾隆一干人等聊起了寫詩，紀曉嵐說起了寫詩的秘訣「養」。把短詩養成長詩，把五言擴充成七言。

不只詩詞可以「養」，文章也是。「養」文章的部分，等到後面修潤稿件的章節再專門來談，這裡先介紹「養」字詞的方法：加字。

加字，顧名思義，就是在原本的文字前後增加新的文字。「養」文句，就是加字練習。

例如：

林志玲↓高挑的林志玲↓高挑、美麗的林志玲↓都不只四十歲了，還依然高挑、美麗的林志玲……

這一連串的過程，就是「加字」，也就是所謂的「養」。

「加字」是一種琢磨文章修辭的方法，利用「加字」的方式，把一個概念擴充成一組可以彼此串聯的概念，形成句子。

對於一些總覺得自己沒什麼話好講，討厭寫文章的人，「加字」是非常好的作文訓練遊戲，可以透過「加字」練習，逐步引導，培養出從一個單詞擴充寫出一個句字的能力。

加字練習有點像關鍵字聯想，差別在於，「加字」練習更加聚焦於原始核心字詞，必須是能夠直接加在字詞前後，組成較長的概念或短句，關鍵字聯想較為天馬行空，得到的字詞觀念也不一定會放在同一個句子，或文詞前後，甚至不一定會出現在文章裡。

加字練習與關鍵字聯想，都是為了活化腦中的字彙庫的寫作練習，也是寫作時發想文章內容與詞彙的技巧，非常好用。

加字練習

範例：

京都↓京都，簡稱洛↓京都，簡稱洛，建城一千二百年↓擁有一百二十萬人口的京都，簡稱洛，建城一千二百年↓擁有一百二十萬人口的京都，簡稱洛，建城一千二百年，每年湧入五千萬觀光客……

大學↓台灣大學↓國立台灣大學↓國立台灣大學的前身↓台北帝大，是國立台灣大學的前身……

林志玲↓高挑的林志玲↓高挑、美麗的林志玲↓都四十歲了，還依然高挑、美麗的林志玲……

練習

✓幫「閱讀」、「台北」、「中華民國」、「京都」、「大學」、「寫作」加一些字，加十次字，所加之字，必須可以放在字詞前後或同一個句子裡。

4. 禁語、咒詛寫作練習

從小到大，父母、老師、學校、媒體再三告誡我們，歹路不可行，壞事不可作，不可罵髒話。長大之後，宗教領袖和心靈導師告誡我們，不要有負面、黑暗的思想，要正面思考，要樂觀積極。作文課只能寫正面積極的文字，不能罵髒話。

就人生哲學或生活倫理實踐上來說，趨吉避凶，厭惡惡而趨近善，並沒有錯。然而，如果想成為一個好的寫作人，無可迴避的一大問題，就是面對人世間的罪惡淵藪，詳盡描繪之。

所有吸引人的戲劇或小說創作中，都有「迷人」的反派角色。這些反派，阻撓故事中的主角，破壞世界，壞事幹盡。

雖然我們痛恨故事裡的反派，希望主角早日消滅反派，但是，如果故事裡從一開始就不存在反派，只會讓讀者覺得無聊乏味，闔上書走人。

寫作也是一樣，出現在文章裡的字詞觀念，不會只是正向、和諧、美好的，還需要足夠豐沛的負面、黑暗、醜陋、邪惡、暴力、血腥的字彙，才能讓文章更精采生動而吸引人。

然而，由於從小到大，主流社會或是學校的作文課都極力貶抑負面字彙的使用（不准說髒話，也不准在作文裡出現髒話），無形中壓抑了寫作人的負面字彙使用能力。

想要當個好的寫作人，必須要能一視同仁的使用正反兩面的字彙概念。由於正面字彙我們較常接觸與使用，是以負面字彙我們必須另外練習。

禁語寫作練習，就是用來認識自己負面字彙庫的一種寫作練習。

禁語練習

1. 回想一下，腦中所記得的最長髒話是幾字經？試著不帶情緒的，把腦中所能想到的罵人髒話，全都寫在A 4紙上，看看能寫出多少？
2. 回想上次被分手、被拒絕，或生命承受巨大創傷的時刻（如至親謝世），試著以負面字彙表述自己的悲傷心情。
3. 想像一下，倒楣事接二連三臨到自己，氣到想罵髒話，發咒詛之言的心情，寫下可以表達憤怒與恨意的字詞字彙。

範例：

「願他們消滅，如急流的水一般；他們瞅準射箭的時候，願箭頭彷彿砍斷。願他們像蝸牛消化過去，又像婦人墜落未見天日的胎。」（舊約聖經，詩篇58: 7-8）

「願他的年日短少！願別人得他的職分！願他的兒女為孤兒，他的妻子為寡婦！……因為他不想施恩，卻逼迫困苦窮乏的和傷心的人，要把他們治死。」（舊約聖經，詩篇109:8-9、16）

5.文字接龍

十幾年前，很喜歡看吳宗憲主持的綜藝節目裡的《食字路口》單元，這個單元的遊戲規則是，節目單位會先公布一個答案（某道菜，例如：薑母鴨）和第一道菜的名稱（例如：珍珠奶茶），參加遊戲的來賓，必須透過食物名稱的文字接龍方式，比其他組的來賓更早完成食物文字接龍。

文字接龍，也是一樣的概念。先寫下某一個字詞，例如：寫作，然後找到另一個以字詞尾巴之字為起首的新字詞，例如：作家，以此類推。

通常，允許同音異字，也可以不允許。

文字接龍練習

✓基礎版

範例：

寫作↓作家↓家人↓人類↓類型↓型錄↓錄影↓影像……

透過文字接龍，活化腦中的字彙庫。

✓進階版

如果嫌基本款的文字接龍太無聊，可以作字彙使用限定。例如：只准使用四字詞。

範例：

資本主義↓意識形態↓汰舊換新↓新科狀元↓元始天尊……

✓困難版

如果要增加學習意涵，可以要求說出字詞概念的人，對該字詞進行說明解釋，或造句。

範例：

意識形態，Ideology，指的是是想像、期望、價值及假設的總合，特指政治意識形態時指的是「所有政治運動、利益集團、黨派乃至計畫草案各自固有的願景的」總和。

任意挑選一個字詞，開始你的文字接龍遊戲吧！

6. 字詞代換

高中時代，我很喜歡國文參考書的「成語代換」單元，也非常熱衷背誦，也成了日後寫作很重要的養分。

字詞代換是寫作必須具備的能力，好的文章有一條基本的規則，同樣的概念盡可能以不同的字詞來表達，避免枯燥乏味，增加可讀性。

例如：浪費，可代換的同義字詞至少就有奢侈、鋪張、揮霍、暴殄天物。腦中具備同一概念的表述詞彙越多，文章寫起來會更好看。

字詞代換練習

✓替下述字詞進行詞語代換：

飢餓、開心、朋友、我、吃

範例：

飢餓：挨餓、飢腸轆轆、喝西北風、唱空城計、飢寒交迫、饔飧不繼

吃：食、啃、咬、啖、歎、嘗、品、服

7. 廣泛閱讀

關於閱讀和寫作的關聯，後面的章節還會陸續介紹，這裡只介紹跟字彙累積有關的部分：大量廣泛閱讀。

本章一開始有提到，寫作所需要的字彙量，遠比閱讀來得多。寫作人想要寫好文章，精準的表達觀念想法，必須盡可能的廣泛的閱讀。

無所不讀。高深的哲學論著要讀，研究人類社會的社會科學作品要讀，探討人類情感與內心衝突的小說文學作品要讀，吃喝玩樂的生活雜文要讀，報章時事要讀……，簡而言之，什麼都讀，什麼領域的基礎概念都要懂，如此方能在寫作時，流暢的使用各種字彙概念，把文章寫好。

對於有志於寫作的朋友來說，養成閱讀習慣是至關重要之事。好比說我自己，每個月平均閱讀三十到五十本書，涵蓋領域十分廣，社會人文科學、歷史地理、天文物理、商業趨勢投資理財、吃喝玩樂、建築旅遊、小說散文……，無所不讀。

那麼，具體來說，閱讀如何幫助自己增加字彙量？

在此推薦「抓取關鍵字」技巧。但凡一篇文章裡，出現你所沒見過或不瞭解意思的字彙時，便將之圈出，必要時查字詞典，搞清楚定義跟使用規則，試著以此一新學習到的字彙造句或寫篇文章，熟練之。

不讀書的人，雖然也可以寫出文章，甚至寫得不錯，但長久不讀書的人，無法掌握時下的議題與人心之所向，停留在過往的知識觀念與問題意識，寫出來的文章不能說一定不好，只是容易淪為保守或舊時代觀念的代言人，難以回應嶄新時代的需求。

寫作人想要與時俱進，使用能夠充分表現時代感的字彙寫文章，只能拚了老命多讀書。

練習

- ✓三個月內，讀完一百本書。這一百本書可以任選，不居種類、厚薄、難易（當然也不要一百本全都挑漫畫或繪本這種可以輕鬆讀完的書），也可以自訂主題。唯獨只有一個要求，一定要在三個月內讀完，並且將書中所習得的新字彙，用到你正在寫的文章或手上正在處理的工作之中。
- ✓能完成三個月內讀完一百本書的人，包準生命將會經歷很深刻的蛻變！
- ✓如果已經有閱讀習慣的人，則不妨設定三個月內學習一個新主題的閱讀規劃。規定閱讀主題、起訖時間，書單，成果報告方式與達成目標的報酬（獎賞）。

範例：

主題：行為經濟學

起訖日期：二〇一五年七月一日~二〇一五年十月三十一日

目標：掌握行為經濟學的重點概要
成果：整理一份行為經濟學理論概要報告
學習方法：閱讀坊間相關叢書，行為經濟學、認知心理學、經濟社會學等一百本書
報酬：吃一頓高級日本料理，犒賞自己

修練

第3項

寫出能讓人理解的句子！

句子的寫作，在網路發達的今天，格外重要。常常我們在臉書或Line等即時通訊軟體上，使用「句子」而非文章或一段話（段落）表述想法，與人交談。句子寫得不好，或者說不懂得使用句子表述清楚而完整的想法，很容易造成彼此雙方的誤解，甚至吵起架。某種程度上可以說，使用「句子」的能力，是有史以來最重要的時代。

如果說，字彙是表述概念的基本單位，句子毋寧是表述觀點、意見、事實的基本單位。單單只使用字彙，未必能讓人了解自己的意思，但如果使用句子，多數時刻已經足以讓人了解發話者的想法。

例如：

德國是二〇一四年世界盃足球賽的冠軍球隊。

今天的台北，天氣很好。

雖然林志玲已經四十歲了，還是很漂亮。

句子是由不同詞性的字彙組成，由於本書不是文法課本而是寫作技法書，就不多探討哪些詞彙才能組成句字。只要記住，句子由字彙組成，用以描述事件、表達想法即可。

另外，句子的寫作，在網路發達的今天，格外重要。常常我們在臉書或Line等即時通訊軟體上，使用「句子」而非文章或一段話（段落）表述想法，與人交談。句子寫得不好，或者說不懂得使用句子表述清楚而完整的想法，很容易造成彼此雙方的誤解，甚至吵起架。

某種程度上可以說，使用「句子」的能力，是有史以來最重要的時代。

或許你會說，句子寫作哪裡有多困難？

寫出句子是不難，難得是寫出讓人讀得懂，不會產生誤會，且有效表達想法的句子，並沒有想像中的簡單，至少從我每天在臉書或ＰＰＴ上的文字來看，寫好句子的確是還有很大的進步空間。

在句子層級的寫作常見的謬誤有，錯把論點當論證，價值陳述當事實陳述，還有抹黑或人身攻擊。這些都是文法無誤但邏輯上無效的句子，只會引發衝突和紛爭，無益於溝通或表述意見。

一般來說，句子有描述、解釋／評論的功能。不過，人們常常混淆了描述與評論，錯把評論當描述（把價值陳述當成事實陳述）。

舉個例子，「林志玲很漂亮」是評論還是描述？

答案是「評論」。漂亮與否是一種主觀價值判斷，是根據某些論據資料總結的觀點，並非客觀事實。雖然絕大多數人都接受「林志玲很漂亮」這個判斷，但還是一種評論。

那麼，「描述」林志玲的容貌，又該怎麼說？

林志玲有張鵝蛋臉、雙眼皮、大眼睛、高挺的鼻樑、白皙的皮膚、鮮紅的小嘴，五官立體，且對稱，符合美學中的黃金比例。

寫不出有效表達想法的句子，也不可能寫得出可讀的文章。

接下來這一章，要介紹十個句子寫作的練習，幾乎涵蓋了句子層級的寫作會碰到的狀況（引用、提問、假設、論點陳述、連接詞……）。

每一種練習，能琢磨一部分的句子寫作的能力。熟通十種句子練習，雖不能保證能夠寫出優美的漂亮文句，但是寫出讓人看得懂，可以與人溝通，不致產生誤解的句子應該是不難。

琢磨好句型的十種方法：

1. 五行日記
2. 晨間隨筆
3. 自由—心靈書寫
4. 抄錄名言佳句
5. 摘錄重點
6. 設計對白
7. 創造格言
8. 微調模仿就是創新：格言與流行語的再創造
9. 定義概念
10. 下標

1. 五行日記

五行日記是日本暢銷作家岡田斗司夫開發的一套技巧，對於養成寫作習慣，累積寫作素材，改善生活習性非常有幫助。

五行日記的操作步驟：

a. 選定一個目標：寫作訓練
b. 每天撰寫與目標執行相關／無關的事件紀錄
c. 每天寫五行
d. 每行寫一則事件（只要做事件陳述，不要作價值判斷）
e. 給事件評分（0～5分），與目標越相關的事件得分越高
f. 每天撰寫與計算評分

舉例：

我今天讀了兩小時的書：5分

我今天晚上去上了乾任老師的寫作課：5分

我今天跟朋友吃飯時，聽到一段有趣的對話，覺得很有趣，記錄了下來：5分

我今天看了兩個小時的電視，卻只是一直轉台：0分

（但如果是今天看了兩個小時的電視收穫甚多，記下了許多有趣的格言與小故事：5分）

我今天做了五行日記的寫作：3分

為什麼要寫日記？

日記，是最好的寫作練習！

日記不是為了出版的文章，是面向自己的文字，記錄寫作人生活中所遭遇的事件與感受，可以練習描述與評論兩種句子寫作的主要功能。

日記是對事件的紀錄，還有對事件的感想紀錄。

論點與文字未必成熟，卻絕對真誠，常常寫日記，就是常常練習真誠的面對自己，練習把自己心中的想法感受如實記錄下來！

寫日記無法持之以恆最常見的錯誤就是「非得寫成段落完整的文章」不可。寫日記是更輕鬆而隨心所欲的事情，這是為什麼前一章推薦九宮格日記，這裡推薦五行日記的緣故。

日記不需要是一篇完整的文章，可以是記憶的片段的捕捉，零碎對話的紀錄，更像生活筆記。

勤寫日記，可以活化腦中的字彙庫，琢磨造句能力，建立自己的常用句型，幫助很大。

日記是深挖寫作者腦中深處的字彙／知識庫的一種技巧。勤寫日記，勤於紀錄日常生活與個人感受者，能夠把深藏在潛意識中我們曾經學習過的字彙、概念挖掘出來，為己所用！

寫日記的好處：

1. 寫日記，記錄每天生活中有趣的事情，替寫作工作預備所需的龐大故事，保存生命中重要的故事
2. 透過寫日記，鍛鍊寫作習慣，養成寫作習慣
3. 練習白描與深描，描寫是寫作的基礎，能夠正確而清楚的描寫，才能展開後續的寫作
4. 累積自己的觀點，透過解讀紀錄的故事
5. 捉摸自己的文體，透過最自然不受拘束的書寫手法
6. 可以無限敞開的放手去寫:再黑暗、再深沉再不能公開的想法，都能夠在日記體裡抒發
7. 誠實面對自己

2. 晨間隨筆

晨間隨筆是《創作，是心靈療癒的旅程》作者茱莉亞・卡麥隆開發的一套訓練寫作的技巧。茱莉亞相信，只要寫作者願意持之以恆的撰寫晨間隨筆，每天花十分鐘，寫滿三張紙張，持之以恆，定能夠培養出旺盛的寫作能量。

晨起寫隨筆的好處，在人類大腦的認知框架還未恢復社會生活運作時的強韌，人仍然與夢有一定程度的連結，腦中的框架是鬆動的，可以執行更多的自由聯想與發揮，讓那些平常被社會規範壓制到潛意識裡的想法全都釋放出來。

晨間寫筆的寫作秘訣在於，不要用腦思考，順從內心的想法，單單就紀錄心中所想、所感，不要管文法對錯、不要管文辭優美、不要管想法明暗，不預設主題或任何立場，不要在意道德是非，愛怎麼寫就怎麼寫。

曾經有一位來上我寫作課的媽媽，很想學好寫作，跑了很多作文班上課卻成效不彰，我特地要她確實做好這個練習。三個月後，她的文字表達能力大幅提升。

晨間隨筆練習

✓每天早上起床後，給自己十到三十分鐘時間，寫滿三張A4紙，主題不拘，文字不拘。重點是持之以恆，至少堅持三個月，養成習慣。

3. 自由——心靈書寫

容我先說一點自己的糗事。研究所時代，交了一個女朋友。這個女生從大一的時候就暗戀她，卻苦無機會追求，直到後來因緣際會才在一起。念心理諮商的她，跟我很有話聊，在一起後，聊了非常多兩人彼此的原生家庭和性格黑暗面的事情。

然而，後來很不幸地，我們分手了。分手之後的我，非常難過。因為我曾經以為自己會娶她為妻。難過到論文都寫不出來，躲到鄉下寄居在表姊家，渾渾噩噩的過一天算一天。

有一天，不知怎麼地，我突然有個念頭，想要把內心裡的所有情緒想法都寫下來。於是我每天打開電腦狂寫，拿著紙筆狂寫，寫了一篇又一篇的心情，難過的高興的悲傷的忌妒的黑暗的各種情緒，塗塗寫寫，在很短的時間內寫了十數萬字。

寫到某一天，突然覺得自己沒有那麼頹廢了，好像稍微可以振作起來了，於是跟表姊說，我要回台北去完成論文了。

日後，我讀到娜妲莉・高柏的《心靈寫作》、《狂野寫作》，還有心理諮商的敘事治療、書寫治療方面的作品，覺得非常有共鳴，深信深入書寫生命史，是一種對生命的重新整理，可以幫助自己從悲傷中重新站起來，也陸續把這套方法推薦給很多為情所困的朋友。

再後來開始教寫作，以及讀到馬克・李維的《自由書寫術》和珍妮・康納的《靈魂寫作》後，我更加確信了自由書寫內心感受這件事情，不但對於生命的淬鍊與改變有幫助，對於掌握難以掌握的心情感受的表達能力也很有幫助，是一種不可多得的寫作練習技法。

於是我整理了馬克・李維的「自由書寫術」、娜妲莉・高柏的「心靈寫作」、「狂野寫作」還有珍妮康納的「靈魂寫作」等強調深掘個人內在生命意識的寫作練習技法，歸納整理出來的一套寫作練習技巧。

「自由－心靈書寫」透過一系列的自我提問，深入挖掘寫作人的生命史，透過這套深挖生命史的書寫過程，幫助寫作人挖掘出自己對各種議題的想法與感受，除了讓寫作人透過「自由－心靈書寫」釋放真正的自己，破除童年創傷經驗的制約與傷害外，也能從這套書寫過程中逐漸了解自己的價值信念、核心關懷、喜好偏誤，從而找到自己在世界與寫作上的定位。

自由──心靈寫作的技巧：

a. 不要在意風格、文法、修辭、技巧

b. 不要思考不要想，紀錄當下腦中浮現的直覺念頭

c. 放手一直寫

d. 快速寫，能寫多快就寫多快

e. 一行接著一行寫

f. 不要用腦中的想法或道德框架去控制你手中的文字

g. 使用具體的概念取代抽象的名詞。例如：BMW取代車子，蘋果取代水果。

h. 不要擔心錯別字，別被任何事情卡住而停下來

i. 不要怕寫得爛

j. 做時間＋主題限制。
例如：十分鐘內以「我覺得」「我記得」「我發現」「我心情不好」……開始寫

k. 感受書寫完成之後的心情

l. 不要馬上重讀。

放個三五天再讀。而且，一次讀一批。可以大聲朗誦出來自己聽看看。

m. 不要修改這些文字，保持這些文字的原始狀態，長期累積自己心靈書寫的原始檔案

n. 但可以反覆練習，相同的主題。多寫幾次，比較彼此之間的寫作變化狀況

這裡的書寫練習，無須強求成為首尾連貫的文章或段落，甚至句子跟句子之間彼此矛盾也無妨，只要每一個句子能夠完整的完成表述事件、心情跟想法句子即可。

透過心靈書寫，寫作者可以認清自己內在的各種身心靈問題，認清自己的想法／感受，認識自己的不完美，並且學習重新接納自己，開始尋找與選擇處理、解決問題的方法。

問題不一定要被解決或能馬上解決，不過光是被正視與解釋，就能化解大半。

常常我們把問題積在心裏，以各種理由壓抑，結果負面情緒化膿潰爛，傷害了我們的心的同時，也破壞了我們的創造力。

投入心靈書寫要有心理準備，你可能會因為接觸到真實想法而感到震撼難過大哭。

自由—心靈書寫練習

a.選一個你平日根本難以啟口的主題，試著快寫十分鐘，把所有想到的事情想法全都記錄下來。

例如：

我覺得性工作者……，我討厭……，我喜歡……

練習提醒：

不要閃躲逃避。

不要進行道德判斷。

但要具體描述細節。

b.偵查與描述你的人生

最難忘的小學同學（或其他人）

初戀

第一次分手

發現心愛的人劈腿

疼愛你的長輩重病離開人世

轉學搬家

恐懼害怕

親子關係

父母離異

施暴情人

無可救藥的弟兄姊妹

討人厭的同事／上司……

c.探索你的生活

描述你心目中理想的生活&現在的真實生活

描述你心目中理想的住宅環境&現在真實的住宅環境

描述你心目中理想的……&現在真實的……

盡可能的具體描述

比較兩者之間的差距

寫下為什麼兩者之間有落差？

你覺得你的人生真正在意的事情是……

你覺得成功的人生意味著……

什麼時候你會感到悲從中來……

你現在過的日子是你想要的嗎？為什麼？
寫下你的人生中，五件讓你覺得飽受委屈的事情？
如果今天你才二十歲，你想要怎麼安排你的人生？
你是否會自虐？做一些明知道會讓自己不開心但卻還是去做的事情？為什麼？

d. 列出你人生中認為絕對不能做的五件事情。但如果現實環境迫使你必須去做，你覺得是為什麼？還有，該怎麼做才能讓你的良心過得去？例如：不可殺人，但卻非殺不可時……

檢視

- 執行計劃一週後，每週定期檢視自己。
- 寫了幾篇「自由──心靈書寫」之後，你有甚麼心得想法或心境上的轉變？
- 有哪些事情，讓你分神而不願意坐下來寫？
- 每次你想寫但卻沒有坐下來寫的時候，你去做了甚麼事情？
- 持續撰寫本身，就是一種值得肯定的創造力，是專注力的培養，這套練習能幫助你挖掘出內心最深處，連你自己都不知道的那口井裡的湧泉，活化你的字彙與句子的寫作能力。

4. 抄錄名言佳句

約莫大二上學期開始，有一天突然立定心志，決定往後讀書都要寫摘要與抄錄名言佳句。特別是課堂指定以外的自發性讀物，嚴格規定自己要寫摘要重點，至少碰到書裡的好句子，要耐著性子抄錄到筆記本上。

直到大學畢業，寫了厚厚一疊的讀書筆記，雖說主要是抄錄書中的名言佳句，卻也收穫良多。

抄錄名言佳句，最直接想到的功能是，寫作時可以引用。其實還有一個更大的幫助，理解文章字句的構成邏輯。

大三那年，我決定挑戰馬克思的《資本論》，那本書對當時的我來說根本是天書，但我靠著摘錄名言佳句的方法，放慢了閱讀速度，且逐漸摸熟了馬克思的文字語法背後的邏輯與規則，一點一滴的讀，花了一個月左右的時間，終於攻克了第一卷，也大致掌握了書中的內容。閱讀時能夠拆解寫作者的邏輯和語法規則，除了幫助理解之外，也能將作者那套與法規則納為己用，日後對於寫作幫助很大。

例如，我自己就從聖經的獨特語法、俗諺中，獲得了不少日後寫作的養分。據我所知，不少寫作人也都從經典名著的名言佳句和語法規則獲得不少養分。

抄錄名言佳句練習

✓找一本經典，《紅樓夢》、莎士比亞、馬克思的《資本論》，亞當斯密的《國富論》，邊閱讀邊摘錄書中你認為值得摘錄的名言佳句到筆記中。

5. 摘要文章重點

聽說，愛爾蘭每年會舉辦喬伊斯的《尤里西斯》摘要大賽，法國也有普魯斯特的《追憶逝水年華》摘要大會，要在限定時間內（十五秒鐘）完整摘要這些巨著的重點，還蠻多人報名參加比賽，想挑戰一下摘要巨著的能力。

摘要文章重點，是非常重要的寫作能力，必須好好練習。

以前我以為這種能力並不難，後來網路用多了才知道，並不是每一個人都具備摘要文章重點的能力。有些人就是沒辦法抓出文章的重點，鑽牛角尖的執著在一些非常細節的地方。這樣的人，很難寫好文章。

寫摘要有助於抓重點，是一種練習提綱挈領、化繁為簡，歸納整理，再現所閱讀之訊息的能力。

能夠以一句話總結一篇文章一本書或一部戲的重點，寫作文章時就不需要大篇幅的引述原文，可以節省敘述文字，能夠精準地讓讀者了解你所引述的書籍、戲劇或電影的內容。別人也可以從中判斷你是否正確理解文本，還是刻意誤解。

此外，別以為摘要重點的能力，只能協助寫作人歸納別人的作品，自己的文章更是需要恰如其分的摘要。

好萊塢的製作人或編劇，通常都得具備以一句話總結介紹作品精華的提案能力。這一句濃縮故事精華的摘要，往往決定了投資者願否繼續往下聆聽企劃案，是牽涉到數百萬甚至數千萬美金的重要大事。

會議記錄、專案報告、專題演講、企劃提案……，都需要有好的摘要來呈現龐大內文的重點精華，吸引與會者的注意力。

既然是摘要，字數當然不能多。一百字以內，一個完整的句字，就要將所需摘要的重點全都收集起來。

摘要能力別無他法，只能多練習。一篇文章可以多提出幾種摘要，或者將自己的摘要說給別人聽，看看對方能否感興趣或猜出你所摘要的書籍或故事是什麼？

摘要文章重點練習

✓以一句話總結最近看過的一本書、戲劇或電影的內容。

範例：

一名警察到洛杉磯找分居中的妻子，來到妻子上班的大樓，卻碰上恐怖分子佔領大樓，與恐怖分子展開搏鬥，最後救下被恐怖份子綁架的人。～《終極警探第一集》

6. 設計對白

近年來走紅的戲劇如HBO的《NEWSROOM》、《矽谷群瞎傳》，日本的《王牌大律師》、《DATA》，台灣的《我可能不會愛你》、《徵婚啟事》等等，都因為有精湛的戲劇對白，讓人回味再三。

好的對白可以呈現不同想法的反差、衝突、緊張，製造懸疑，激發讀者的情緒，引人感動，產生共鳴。

寫作這件事情，很像一個人在腦中扮演兩個我，讓這兩個我針對同一個主題，各自發表意見，時而贊同，時而辯論，時而互補，時而互斥。透過一連串的對話，將該主題的想法整理了一遍，最後再以「獨白」的方式寫下來。

也許不是每個人都用這種方式構思文章草稿，不過應該有不少人是這樣做的。

實際上，人類上古時代有不少經典，像是中國的《論語》、西方的柏拉圖《對話錄》，就是以對話的方式，紀錄思想觀念。

應該沒有人會認為，這些對話就是當初最原始的對話的直接紀錄吧？

包括許多回憶錄或散文作品裡出現的對話，也都是經過作者重新整理後，以發話者各自的口吻寫下的「設計對白」。重要的是，這些對白能夠呈現作者想讓讀者掌握的想法觀念，而不是對白本身是否如實紀錄。

設計對白是寫作上非常重要的一環，好比說戲劇的劇本，基本上都是由人物的對白所構成，戲劇也只能透過人物對白與行動來呈現角色的性格與想法，對白設計的好壞更直接影響到作品的成敗。

此外，對白更是句子寫作最好的練習。一句對白，就是一句話。不只是劇本需要精采的對白，小說和散文也需要。熟練對白設計，對於寫作有百利而無一害。「偷聽」別人的談話，記錄並重組，就是設計對白的開始。

設計對白練習

1. 找一家咖啡廳，點杯咖啡，「偷聽」隔壁桌的談話，將對談內容如數抄錄之後，淘汰掉冗贅、重複的部分，整理成一份可讀的對白。
2. 找一部你喜歡的戲劇作品
   (1) 將作品中的對白默寫出來
   (2) 試著改寫對白

7. 創造格言

製造格言警句的秘訣：掌握二律背反原則

「這不是關說，什麼才是關說！」——馬英九總統

「我是人，我反核！」——導演王小棣

「我有一個請求，你今晚驅離學生時，不能流血，若有學生流血，我會跟你拚命！」

——台大校長傅斯年

寫作的時候，如果來點格言警句、成語俗諺，頗能替文章加分，讓讀者更加信服外，也讓文章顯得優美。成語俗諺，得靠背誦；格言警句，雖然也可以背誦，但也可以創造，或再製。

太陽花學運時，台大校長傅斯年的一句名言，「我有一個請求，你今晚驅離學生時，不能流血，若有學生流血，我會跟你拚命！」在網路上就出現了「產生器」，可以透過代換部分字詞，創造出新的（準／類）格言。

艾可在《艾可談文學》一書指出，格言警句的威力，本不旨在訴說特別了不起的道理，而是使用特殊的修辭技巧，證實或強化某個觀點的正當性，使其成為真相的格言。

也就是說，格言警句其實是一種修辭的誇大形式，是一種文字修辭遊戲，用以肯定某個道德倫理的原則，好說服聽到的人。「格言警句就是用別出心裁的方法表達人盡皆知的道理」，「把一項我們已經知曉而且也相信的事情用一個強有力的意象重新陳述一遍」。

例如：

「風琴是鋼琴。」

「受夠了塵世的生活所以投身教會去了！」

「酒精是一種害死活人卻可保護死人的液體。」

「許多人輕視財富，卻很少人知道如何慷慨的運用財富。」

「幸福存在於事物中，而不是我們的品味裡。」

艾可甚至認為「某個利用警句作為元素來寫小說喜劇或隨筆的作者……只是收集機智文字的老手而已。」

艾可則發現，格言警句裡的修辭概念，是可置換的。

例如：

「幸福存在於我們的品味之中，而不是事物裡。」

「許多人知道如何慷慨的運用財富，卻很少人輕視它。」

更進一步擴大來說，格言警句裡其實藏有公式，通常是使用一組二律背反的悖論，作為證成某套道德觀念的正當性。

例如：

王爾德：「年輕人在情感上想要忠實卻忠實不了，而老頭子想出軌卻無計可施！」

「男人來自火星，女人來自金星。」

只要找出其中的公式，更換掉裡面的一整組修辭概念，使其符合某種邏輯一致性，就能創造屬於自己的格言了。

「窮乏人想要在財富上高枕無虞卻往往不能如願，而富裕者想要體會貧窮卻無計可施！」

「男人因為寂寞而愛，女人因為愛而寂寞。」

艾爾斯金爵士說過，「悖論之道乃是真理之道」。掌握道德倫理觀念的二律背反原則，再借用現成的格言警句公式，就能創造出自己的格言警句。

不過要小心，有時候悖論形成的格言警句單純只是一組高明的修辭，文字風格，並沒有揭示什麼真理或道德原則。

王爾德認為，創作格言警句是一種「修辭學上的樂趣」，有時僅僅是如此而已，屬於一種炫技，並不訴說太多的真理與道德。

創造格言練習

✔找到合適的修辭，填入下列的格言警句公式，並找來合適的歷史掌故或個人生命故事，寫成一篇勵志小品文章：

「我的字典裡沒有______」（提示：害怕）

「要真正擁有______，前提是：無論如何，你都______」（提示：財富，敢於與人競爭）

「最______的______是______」（提示：重要、事、看不見的）

「______的目的不是為了______，而是______」（提示：人生、賺錢、關係的圓滿）

「我能抗拒一切，除了______」（提示：美麗的女人）

「生命的首要義務是______，至於第二項我到今天還沒發現」（提示：矯柔造作、誠實）

「只有______的人，才會______」（提示：深刻，知音）

「如果你訴說______，那麼遲早有一天會被______」（提示：謊言，拆穿）

8.微調模仿就是創新：格言與流行語的再創造

全台灣最有創作能量的群體，當屬PTT了。鄉民們群聚的PTT，三不五時就會傳出讓人「驚呆」的文章和流行語，甚至有人編了一部PTT鄉民百科（http://goo.gl/4JrfRk），紀錄PTT上的流行語與自己發明的詞彙，以免初來乍到者看不懂，以為婉君真是表妹，搞錯了意思。

除了PTT，其他一些重要的部落客、網路意見領袖，乃至電視廣告、政治人物，三不五時也都會爆出流傳一時的流行語，甚至有一些還能經過時間考驗而存留在我們日常生活的語彙中，像是瑤瑤出道的廣告「殺很大」、「不讓你睡」，也都是流傳一時，眾人琅琅上口的流行語。

寫作上，除了可以直接引用當時社會上的流行語外，還可以微調模仿流行語的格式，再造自己的新詞彙。例如在「**創造格言**」一節中一開始舉的傅斯年校長名言的例子。

打草稿或寫作練習的時候，缺乏靈感不知道要寫什麼東西的時候，不妨上網看一下最近最夯的網路文章或流傳最廣的流行語，試著改寫看看。

如果真覺得改寫流行語太粗俗，也可以嘗試改寫經典作品裡的名言佳句。這些格言通常都有一些文法規則，只要代換裡面的關鍵字，就能創造出新的句子，雖然未必會比原作好，但模擬、戲仿本來也是創作的一種技巧，不要只是乖乖引用別人創造的流行語和格言佳句，自己也能創新一下。

9. 定義概念

定義概念，是寫作非常關鍵，卻常為人所輕忽的一件事情。

先講一個因為沒有事先定義，結果幾十個忙碌的老闆浪費了一下午開會的故事。二〇一四年五月，文化部為了商討制定「圖書定價制」的可行性，找來台灣出版中上游的業者數十人，開了一次大型的會議。

會議上，文化部先報告了世界各國的圖書定價制施行狀況，接著讓各產業環節的與會者各自發言，表述意見。會議進行了將近三個小時之後，我赫然發現，原來「圖書定價制」有好幾種，一種是零售端的固定售價制（消費者買書不能打折），一種則是廠商出貨端的訂價制（出版社出貨給經銷商、經銷商出貨給書店的折扣必須固定），大家各說各話，毫無交集，白白浪費了一個下午的時間。

類似的事情，常常發生。

每次台灣社會出現重大公共議題，各方人馬吵得不可開交。結果常常都是犯了最基本的一個概念各自表述，沒有先行定義好概念的意思，致使討論毫無交集，難以開展，且互相討厭。

明確的定義概念的用法與指涉，才能將概念劃定在所定義的範圍內，大家有了共識之後，在此種人所能認同的定義下，進行討論與交流。

沒有清楚充分的定義概念，最後往往淪為各說各話，「一個定義、各自表述」，毫無交集。這是為什麼國外的學者專家或記者所寫的非虛構類作品，開篇都會先告訴你，某個字眼在牛津字典或維基百科上的定義是什麼意思？耗費相當的篇幅把接下來書中經常會出現的概念，通通做一次清楚明白的定義解說。

為的是跟讀者約定好，等下這本書裡這個字我是這樣用的，其他不同的用法我雖然知道但我並不採用，請不要拿這些來非議我的書。

舉個例子，你能清楚定義「正義」這個概念嗎？

根據麥可・桑德爾教授的《正義》一書，至少有九大流派，各自對正義有不同的定義。不同理論流派下的正義，各有巧妙不同。功利主義的正義追求最多人的幸福，社群主義的正義追求最弱者的立足點平等。

人類學更有一個非常有名的概念「文化」，到現在應該有超過兩百個定義，言人人殊。

學會使用他人的概念定義，只是入門，進階的概念定義，則是為自己創造的新詞彙下定義。但凡暢銷作家或知名學者，在寫作上都有一項非常厲害的才能，創造新概念。例如，彼得・杜拉克在戰後提出了「知識社會」的概念，一音定槌的畫定了戰後人類社會的新社會型態。

創造新概念不是只有提出一個嶄新的漂亮詞彙那麼簡單，還必須賦予此一新詞彙讓人能夠了解的概念「定義」，爾後當人們提起此一概念時，就知道是什麼意思。

彼得・杜拉克定義的知識社會，意旨在社會中知識是除了資本、勞動、土地、創業家精神等傳統經濟學定義的生產四要素之外，新出現的生產要素。知識的重要性不亞於其他四要素，而知識社會就是把知識當成社會最重要的生產力的社會型態。

記得一件事情，出現在文章裡的核心概念（或俗稱的文眼），一定要花一兩句話將你的定義解說給讀者聽，千萬不要預設讀者知道了你的定義。讀者並不知道，如果你不說明。

定義概念練習

✔上網查維基百科，找出下列詞彙的定義們，歸納之後，用自己的話寫出一段你對此一概念的定義。

正義

文化

家庭

國家

市場

貨幣

10. 下標

《文案大師教你精準勸敗術》一書中對於下標的介紹，是我看過最詳盡完整而全面的，以下是該書的重點整理，還加入我的一些見解。

寫出好標題，就成功了80%：

（1）標題的功能與目的

標題是贏得第一印象的關鍵

修辭是否文雅不重要，能讓人感興趣、點閱，最後產生銷售行為的就是好標題。

（2）好標題必須能夠：

a. 吸引注意力

如何吸引注意力？

↓允諾提供目標讀者閱讀此文能獲得的好處

例如：幫助對付蛀牙的好方法、從此告別酷夏的良方

↓提供目標讀者有興趣而還不知道的嶄新的資訊

例如：最新研究報告指出……

↓免費或優惠好康大放送

例如：放送免費愛情、保證一週內瘦身，無效免費

b. 篩汰非目標族群

好的標題能篩汰不合適閱讀的讀者，聚焦鎖定特定族群。文章寫作沒辦法讓所有人都喜歡或想讀，與其幻想大家都會讀，不如精準鎖定目標族群就好。

例如：徵求旅遊書作家、萬物皆漲，唯獨薪水不漲怎麼辦？

c. 傳遞完整訊息

大衛・奧格威認為，80％的人只看標題，根本不看內文。隨著社群網站崛起，只看標題不看內文的人變得更多了，是以標題最好就能包含完整而清楚的訊息陳述（承諾給消費者的服務／產品／好康）。

例如：為你省下一半電費

d. 讓人想繼續讀下去（了解內文）

作法：丟出一個問題挑戰讀者，承諾一個好康放送，提供一個有用的資訊……

例如：原價一千元，現時體驗價只要一百九十九元

（3）標題的類型

a. 清楚明白的快速直球

今天通通特價一折起

b. 迂迴暗示，勾起好奇

交給我們，保證沒問題

c. 報導新知識標題

最新款的ＢＭＷ汽車上市

d. 問Ｈｏｗ式標題

如何在七天內成功瘦身十公斤？

如何輕鬆賺到一百萬？

e. 提問／反詰式標題

你家的電費居高不下嗎？

你的體重始終減不下來嗎？

你找不到合適的員工嗎？

f. 命令式

讓你如虎添翼！

相信我，你也做得到！

填完這份問卷，就能免費獲得五百元禮卷！

g. 結果／目標導向

非買不可的七大理由

h. 見證式標題

我真的變瘦了！

（4）常用的下標方法

結合時事新知、傳遞新知訊、利用統計數字、承諾會提供令人滿意的訊息、強調優惠、創造新概念、提問、講故事、說明優點、與其他產品／服務作比較、提供免費好康、明白指出服務項目、強調時間限制、強調折扣／價值、提出挑戰、名列價格、獨家好康、「真是太神奇了，傑克」（驚嘆語氣）、承諾超級好康、買就送、改善陋習、改變人生、承諾願景／幸福。

修練第4項 你的段落需要正確的邏輯構成才有效！

記住這句話，這是這本書最重要的一句話，「關於寫作，修辭只是輔助，邏輯思辯才是核心」。「邏輯思辯力強的人，寫作力一定強」，文章必須符合邏輯才是有效的文章，犯了邏輯錯謬的文章，無論詞藻再華美，修辭再講究，都是無效的文章。

文章寫作當中，最難寫好的部分，其實是段落的構成。

許多人口中的不會寫文章，大多在段落構成的層次卡住了，寫不出通順、有條理、有邏輯、有道理的段落，或者說不知道如何組織出有條理、通順，有道理、有符合邏輯的段落，所以被卡死。

文章的段落有兩大功能，描述與解釋／評論。

寫作人必須放入言之成理，支持文章成立，且讓人信服的的「內容」，才能讓文章站立得穩。

1. 描述

描述通常用在把一則基本的事件、故事、人物做清楚而完整的交代。

例如，在自傳的第一段，通常我們會介紹自己的姓名、性別、婚姻狀況、出生地、學經歷等基本事項。

例如：

我叫王乾任，一九七六年八月八日出生於嘉義市。家中有四個人，我在家中排行老大，除了父母之外，還有一個小我八歲的妹妹。我畢業於私立輔仁大學社會學系、台大社會學研究所，歷任誠品書店商品處採購、生活人文出版社企劃編輯、搜主意網路書店主筆，現為全職文字工作者……。

描述要能清楚易懂，必須把握「具體」、「明確」、「精準」使用字詞概念的原則。例如：

這是一部車子

這是一部進口房車

這是一部進口的BMW房車

這是一部德國原裝進口，白色BMW大5系列Gran Turismo。

描述用的字詞與句子，請挑選可以「具體」、「明確」、「精準」呈現事物外貌或特質的「事實陳述」，若要使用抽象且無法在腦中產生畫面的字詞概念時，記得定義並稍加說明解釋概念。

在文學、小說或戲劇作品的部分，或為反映真實社會中的眾生樣貌，會使用情緒性、攻擊性、價值判斷或邏輯謬誤的文辭。如果是個人表述意見或情感時，也能偶一為之，但絕不可通篇如此。

在練習或構思得以用來構成段落的字詞或句字時，有一個小秘訣，把腦中想到可以放在段落裡的句子或字詞概念，逐點逐條羅列下來，再從中挑選用來組織段落的資料。

有一點很關鍵卻常被忽略，寫作之前找到的資料，筆記下來的重點，不一定全都會出現在最後的文章當中，會因為各種原因而刪減或省略。不過，蒐羅資料的時候，還是必須盡可能完整而詳細，不能先想著反正之後不會寫，所以不要列出來。羅列資料是寫作的基本功，好像蓋房子挖地基一樣，蒐羅的越多，能夠作為寫作參考的資料越豐富，最後的成果越豐碩。

例如：

a.姓名：王乾任

b.性別：男性

c.婚姻狀態：已婚

d.學歷：屏東市仁愛國小、屏東市公正國中、國立嘉義高中、私立輔仁大學、台灣大學、社會學系

e.工作：誠品、商品處、採購、出版社、生活人文、企劃編輯、搜主意、網路書店、主筆、文字工作

f.家庭狀況：父親、母親、妹妹

如果是事件或故事的描述，除了白描技巧的使用外，還必須留意，段落內是否出現了6W1H與對話。

6W1H：

When：事件在什麼時候發生？

Where：事件在哪裡發生？

Who：事件中的登場人物有誰？

What：發生了什麼事情？

Why：為什麼會發生這樣的事情？

How：事情發生的經過為何？

Wow：有無令人感到驚嚇或震撼的點？

對話：事件中的人物，說了那些關鍵對話？

對話，是中外古代哲人用以書寫文章的重要技巧。柏拉圖的《對話錄》，孔子的《論語》，都是以對話組成的經典。對話，除了是呈現事件或故事的重要技巧，也能描述或解釋觀念思想，是構成文章段落的一種重要方法。

一組對話，可以視為一段文字，說話者雙方必須完成一次事件資訊的往返傳遞。

例如：

子禽問於子貢曰：「夫子至於是邦也，必聞其政，求之與？抑與之與？

子貢曰：「夫子溫、良、恭、儉、讓以得之。夫子之求之也，其諸異乎人之求之與？」～《論語‧學而第一》

描述練習

✓試著以白描的方式，介紹自認為很熟悉的家人或朋友，例如我的父親。寫好之後，拿給其他也認識你文字所描寫的人讀看看，能否猜出你所描寫的人物？

2. 解釋／評論：以論證支持論點

解釋／評論是文章中段落的第二種功能，常見於論說文、應用文、企劃提案、會議報告、學術論文等非文學類文章。

解釋／評論大抵不脫「論點」與「論證」兩個範疇。

如果說，串聯字詞為句子的是文法，那麼將句子串聯成段落的則是「邏輯」，這也是我們前面提到的，段落的功能，是提出論證來支持論點。

段落裡的句子的排列組合，若是不合邏輯（或稱出現邏輯謬誤），則會發生作者用來論證論點為真的證據無效的情形，於是便無法構成有效的段落，讓人看不懂或產生誤解，便無法組織出可信，更別說優美的好文章。

所謂的論點，就是作者的主張、假設、宣稱、命題。好比說，「林志玲很美」，就是一個論點，一個價值陳述，需要有一些客觀的事實根據作為「論證」，來支持「林志玲很美」這個說法成立。

不是在「林志玲很美」這句話的後面，隨意放進作者自己覺得可以支持這句話的論證，都可以讓「林志玲很美」這句話成立喔！放到這句話後面的論證，必須是客觀，可檢驗，符合邏輯或一般人認可的普遍事實，才能成功證明「林志玲很美」這句話為真。

先舉個無效的論證為例：

林志玲很美，因為我覺得他很美。

為什麼說這是無效的論證？因為「我覺得」是作者個人主觀，不一定能放諸四海皆準，別人未必接受，是以不能拿來當作論證的依據。這個論證，犯了主觀偏誤，還有套套邏輯謬誤。

那麼，有效的論證應該是怎麼寫？

林志玲很美，因為她的五官立體，桃花眼，長睫毛，櫻桃小嘴，瓜子臉，全都符合世人對於美女的長相之基本要求，講話更是輕聲細語。再者，以一個已經四十歲的女性來說，林志玲仍然保持吹彈可破的白皙肌膚，身材維持得很勻稱，從身形上看不出有多餘的贅肉，身形體態與舉止也很優雅，氣質也很出眾，為人更是謙和，非常好相處，很符合傳統中國人所謂的大家閨秀的形象，是以林志玲出道十年仍然備受歡迎，被推為第一名模，當世美女，應該是當之無愧。

這裡用來支持「林志玲很美」這個論點的論證，大抵是受到世人公認的一些關於美女該具備的客觀條件。使用客觀條件來撰寫論證，完成可靠、可信賴的論點陳述，是段落構成的工作。

通常論點會出現在段落的第一句話，緊接著論點之後的句子，則是用來向讀者說明、解釋、論證段落第一句話所提出的論點。結論則出現在最後一句。

段落的構成：論點＋論證1＋論證2＋論證3……＋小結

又，「＋」的部分，常會以「連結詞」（但是、然而、因為、所以……）的方式出現，連接詞是黏合句子成為段落的重要工具。

讓我們看個例子：

> 範疇（caregory），是將事物分類的基準。哲學上的範疇，是把反映事物本質的屬性聚集，找出其中普遍關聯的基本概念。通常範疇涵蓋的範圍是最大的，所以在分類學中，通常會被當作最高層次的「類」。～小川仁志，《這麼動人的句子，是怎麼想出來的？》，第八十六頁。

範疇（caregory），是將事物分類的基準。→是該段的論點

哲學上的範疇，是把反映事物本質的屬性聚集，找出其中普遍關聯的基本概念。→說明、論證該段所提出之論點

通常範疇涵蓋的範圍是最大的，所以在分類學中，通常會被當作最高層次的「類」。→該段之結論，以「所以」這個連接詞串連論證與結論的媒合工具。

讓我們再看一個例子：

結婚本來就該是比任何人都珍惜對方，將對方看得比自己重要。我們不該老是想著「自己要如何主導」或「如何讓對方按照自己的要求」，而是思考能「夠給予對方什麼」、「如何讓對方開心」並付諸施行。然而，這種事情並不能單憑一方，必須雙方都有共識，這是維持幸福婚姻的唯一方法。～小倉廣，《接受不完美的勇氣》，第133頁。

結婚本來就該是比任何人都珍惜對方，將對方看得比自己重要。↓本段的論點

我們不該老是想著「自己要如何主導」或「如何讓對方按照自己的要求」，而是思考能「夠給予對方什麼」、「如何讓對方開心」並付諸施行。↓用來說明、支持本段論點的論據。

然而，這種事情並不能單憑一方，必須雙方都有共識，這是維持幸福婚姻的唯一方法。↓

本段的結論，呼應本段的論點。

一、學會邏輯思考，從此寫作無往不利

學校作文課沒教的事——修辭只是輔助，邏輯思辯才是核心

記住這句話，這是這本書最重要的一句話，「關於寫作，修辭只是輔助，邏輯思辯才是核心」。「邏輯思辯力強的人，寫作力一定強」，文章必須符合邏輯才是有效的文章，犯了邏輯錯謬的文章，無論詞藻再華美，修辭再講究，都是無效的文章。

任何文章，都是為了傳遞訊息而撰寫，犯了邏輯謬誤的文章，已經無法正確傳遞訊息，是無效的文章，根本沒有被閱讀與評論的價值。喔!?除非是為了從錯誤中學習！

修辭不是最重要的，島田洋七的《佐賀的超級阿嬤》文字淺白易懂卻感人；拋棄文筆得達到某種美學水準才算過關的文學評論心態，文章長短不重要，千田琢哉的書每篇都三五百字不等卻震撼力十足，寫作只要能夠言之有物，言之成理，有亮點，能引起共鳴就夠了。

邏輯思考為什麼重要？

讓你言之有物之外，不至於犯了人云亦云、前後矛盾，自打嘴巴，套套邏輯，前言不對後語（前提與結論分不清楚），錯把相關當因果，理路模糊不清、不知所云，先射箭再畫標靶等常見的邏輯思考錯誤。

一篇犯了思考邏輯錯誤的文章，就算修辭技巧再好，也沒用。論說文向來是學生寫作方面比較弱的一環，很重要的一個原因，在於現有的寫作課程都忽略了基本的邏輯概念的傳授，使得論說文寫作的論證過程流於形式化或堆砌不合邏輯的修辭，無法拿到高分。

邏輯是寫作的內在文法

想寫出好文章，「符合邏輯」至關重要，可惜台灣體制教育的作文教學，乃至坊間的補習班與寫作教材雖多，卻極少有人介紹邏輯思辯與寫作之間的重要性。

所謂的文章，是由明確的主題、問題意識、論點與論證所組成。論點是文章為了回應問題意識所提出的解答，論據則是為了說明論點為真的工具。符合邏輯的論證，才是有效的論證，才能用來佐證論點的成立，才能使文章所說明的成真。

注意一點，用來作為支持論點的論證之句子，必須使用符合邏輯的「事實陳述」，不能使用可能出現邏輯謬誤或需要再被論證支持才能成立的「價值陳述」。可以用來說明、解釋、論證論點為真方法非常多，不過大致上說來，下列七種最常見：

二、論證論點的七種常見方法：

1. 歸納法
2. 演繹法
3. 否證法
4. 類推法
5. 統計數據法
6. 世間常理／歷史故事法
7. 科學理論概念法

1. 歸納法

由多個個案歸納出共同的現象、理據，以此證成自己的論述。

例如：

大學同學小沁，同事阿羅，臉書朋友佳恩，在一天內紛紛不約而同的說《金牌特務》好看，想必應該不難看才是?!等下班後，約女朋友一起去看好了？

歸納法是寫作的不敗密技

歸納法除了作為段落論證的一種技巧外，也是一種十分好用的寫作技巧。不只段落裡的內容可以用歸納法組織，文章各段落的內容，也可以使用。

某種程度上可以這樣說，寫作的核心根本原理，就是「歸納」。在一個主題之下，將所有相關、相似或相反的經驗、故事、論點、論據，根據某種原理歸納整理起來。只是段落與段落，各自以段落自己的主軸進行資料歸納，段落與段落之間，或類似或相反，端視章節鋪陳需求而定。

舉個例子，坊間許多美食文章，大多使用歸納法撰寫而成。好比說香港作家蔡瀾就說過，人家誇他會吃又會寫，其實不是，只是吃得多了，可以比較。這個比較之所以能夠成立，就是建立在歸納法的原則上。好比說火腿，金華火腿、雲南火腿、西班牙火腿，將三種火腿各自的特色進行歸納，鋪陳寫在各自的段落裡，再與其他段落中的其他兩種火腿之特性並陳，就能產生比較效果。至於比較之後的好壞，則每個人有每個人的口味偏好，只能各陳爾志，難以一統，更別說分出勝負。不過，透過比較，將各自的特性羅列出來讓讀者查看、了解，自行評斷，也就善盡美食文章之告知義務了。

歸納法練習：

a.我的志願

提示：

歸納從小到大各個人生階段的志願，逐一說明每個階段的志願是什麼以及為什麼立定這些志願，最後總結討論當年的志願與現在的自己之間的落差，提出反思或建議！

比較自己跟其他人的志願，有何異同？為什麼？

b.我的畢業旅行

提示：

歸納從小到大各個階段的畢業旅行經驗，去哪裡玩？玩了甚麼？旅程間發生過甚麼令人印象深刻的事情？

比較畢業旅行和其他旅行之間的異同，畢業旅行有甚麼跟其他旅行不一樣的體驗與樂趣嗎？為什麼？

c.我最喜歡／討厭的食物

2. 演繹法

由一個放諸四海皆準的道理，解讀／推論個別個案的是非對錯。

例如：

人都會死，我是人，所以我會死。

3. 否證法

以一明顯的個案，否定原本的真理。

例如：

原本人們以為，全天下天鵝都是白的，結果後來有人在澳洲發現了黑天鵝，推翻了「天下的天鵝都是白的」說法。

4. 類推法

由已知的事實，推論未知的狀況。

例如：

由於車諾比與福島核電廠在短短二十五年內，接連發生兩起震撼世界的七級核災事故，說明核電並非如專家保證的百分百安全。我們可以合理推論，未來極有可能還會有其他核電廠會出事，如果又發生九級以上大地震，或其他人們想定外的天災或人禍時。

5. 統計數據法

與論證主題相關之官方統計數字或民意調查結果。

統計數據代表一個現象的集中趨勢，可以視為相同個案的群聚，代表某種現象的存在。

例如：

主計處日前公布台灣潛在國債總金額，已經飆破十七兆元，短短三年內狂升四兆，若再加計各地方政府的七兆負債，全台灣的總負債金額高達二十四兆，平均每位國民得扛一百零三萬的債務！

——王乾任，狂飆的國債，養不起的未來，二〇一四年／五月／六日　東方日報大員通訊專欄

統計數據法練習

請將圖表中的數字改為文字敘事模式呈現

近年出生人數

民國（年）	出生人數（萬人）
90	26.0354
91	24.7530
92	22.7530
93	21.6419
94	20.5854
95	20.4459
96	20.4414
97	19.8733
98	19.1310

註：上述數字為目前已登記數字。
資料來源／內政部　製表／徐碧華　■聯合報

6. 世間常理／歷史故事法

以過去明確發生過的歷史事件，作為例證。

通常因為重大歷史事件的成因、結果和影響，已有定論，寫作人得以直接引用其歷史事件，並連帶引用歷史事件背後的評論（專門討論該領域主題的學術論文例外）。

例如：

當年甘地帶領印度以不合作運動方式，推翻英國殖民統治，影響日後金恩博士以非暴力遊行抗議方式，成功推動廢除種族隔離政策，後來曼德拉也以非暴力抗爭原則推動廢除了種族隔離法案，可以說明，非暴力抗爭對於對抗不合理政權或法律，有其效果。

（這段文字除了引用歷史事件，還使用了歸納法，歸納了三個有共通因素的歷史事件，來說明非暴力爭的有效性。）

7. 科學理論概念法

引用具公信力的大學或學術期刊公布的科學研究結果，或各學術領域公認可信的理論、學說。

例如：

小民遲遲不願接受阿美的分手提議，除非阿美願意返還小民和阿美交往時，花在阿美身上的三十八萬五千八百七十六元。根據經濟學中的「沉默成本」理論，小民之所以不願意分手，是捨不得已經付出去而無法回收的成本，而不是還愛著阿美。

（以經濟學的「沉默成本」論來解釋，阿民不肯分手的原因。）

小結：段落構成的關鍵在邏輯

段落的內容要能言之成理，讓人信服，關鍵在句子的排列組合必須通過邏輯檢驗，不能出現邏輯謬誤。

即便是引起讀者內心情緒感受的抒情文，也不能無視邏輯規則，反而是遵守邏輯規則鋪陳的文字，才能引導出讓人感動的情緒感受。

總而言之，邏輯是貫穿段落的文法，也是讓文章能夠言之有物、言之成理的關鍵所在。在構成段落的部分，一定要小心再小心，檢驗用來支持論點的句子是否符合邏輯。

至於提升邏輯能力的方法有三：

1. 多跟不同意見者進行論點的交流辯論
2. 閱讀哲學或邏輯思考方法的作品，熟習邏輯思考規則
3. 凡事存疑，逆向思考，不要人云亦云的接受未經檢驗的觀點

邏輯，為什麼對寫作來說重要？～邏輯是寫作的內在文法

修辭術源於兩千五百年前的希臘，是一種透過文字使用來蠱惑或引導人心的技巧。高明的修辭術可以讓不道德者勝過道德者，修辭術成為當時政治人物爭取公民支持以及法庭論辯攻防的重要工具。

要防堵修辭術為惡，古希臘人發現了邏輯思辯能力。邏輯能將修辭術導向正軌，不得為惡者服務。

寫作人必須了解，文章寫作的關鍵核心在邏輯，修辭只能是輔助，不能獨尊修辭術為大為王，否則文章寫作就極有可能淪為為惡者服務的幫兇。

邏輯除了讓你的文章言之有物、於理有據而非空口說白話，錯把個人主觀偏見／刻板印象當真理，把錯誤見解當正確，傳遞錯誤思想觀念之外，不至於犯了人云亦云，前言不對後語（前提與結論分不清楚），錯把相關當因果，人身攻擊，理路模糊不清、不知所云、稻草人謬誤等使文章論點無效化的邏輯謬誤。

一篇犯了思考邏輯錯誤的文章，就算修辭技巧再好，也沒用，是無效文章。除非要當作教學個案來剖析，否則沒有閱讀價值（無法從中學到新觀念），更沒有討論與回應的必要！

三、寫作必須貫徹的邏輯十要

寫好文章的邏輯論證技巧不難也不多，守住正道，一以貫之，就能寫出好文章了。我從《邏輯即戰力》、《學會思考，你贏定了》等介紹邏輯推論規則的作品中，歸納出與提升寫作力有關的十大邏輯原理，只要搞懂這些，段落的構成就不再是難事。

1. 從可靠的前提出發

無論推論過程多麼嚴謹，如果前提錯誤，結論一定錯誤，成了無效論證。展開推論的前提，一定要足夠可靠，才能展開有效論證。

舉例：

「這個世界上沒有人不愛錢，人活著就是為了追求金錢，金錢是人類最重要的事情。」

實際上，這個世界上可能存在不愛錢，也不為了追求錢而活的人。

2. 明白區分前提與結論

推論前，先想清楚自己想要論證的主體與結論？

先找出前提與結論，而這兩者必然是不同的，因此才需要論證。

舉例：

我是個樂觀主義者，因為我遇到挫折並不會感到難過，也積極面對。

3. 立場要清楚，立論要明白

展開論證時，立場要清楚，無論是贊成或反對某個立論，要明白告訴讀者你的立場，以及支持你的立場的論據。

4. 符合基本的三段式論證邏輯

進行推論時，要符合三段式論證邏輯。

三段式論證：

大前提↓小前提↓結論

舉例：

人都會死↓蘇格拉底是人↓蘇格拉底會死

5. 依照順序開展論點

展開論證是有步驟可循的：

a. 先提出結論（也就是假設／主張，也就是對問題觀察後提出的看法。未驗證的是假設，已驗證完成的是結論），再說明理由依據

b. 先出前提，再導出結論

此外，論證的每一個段落、句子的說明，都是為了導出下一個句子而鋪路，一步步鋪陳推演，最後抵達結論。切莫岔題，天外飛來一筆，談起不相干的事情。

6. 根據事實而非臆測，引述資料要正確

論證的資料必須根據確實可信的事實，清楚明白的表達，且說明資料出處。千萬不要語焉不詳、語意模糊，或模擬兩可。

記住，若要使用網路資料，一定要再三查證確實無誤後再使用。

7. 具體簡潔有力

論證過程不必冗長，數句話可以說完就簡單說完的，不要寫一大串無關的文句墊厚拉長句子。

8. 舉出一針見血的代表性例證

使用例證時，務必要有代表性（大家都知道或公認的事實），並且舉證一個以上的例證。

舉例：

炸薯條不健康，油脂含量過高，因此可以得知速食不健康（×）。

炸薯條不健康，油脂含量過高；奶昔不健康，糖分太多；汽水不健康，糖分太多；炸雞與漢堡不健康，高油脂……，因此可以得知速食不健康（○）。

9. 認真反駁反對意見，考慮其他可能性

針對特定論點提出證明時，也要考慮認真反方立場的論點與說法，並且逐一反駁

反例思考。

承8的例子：

速食裡也有只使用蔬菜製作的食物，例如素的潛艇堡（反證），因此，速食不健康可能改為有很多速食是不健康的，較為嚴謹。

務必考慮反面意見或其他反對自己立論的證據，納入論證過程中討論。

10. 永遠要謙虛

即便你認為自己的推論嚴謹無誤，表達時的態度也要保持謙虛。人都是有限的，有可能只是還沒發現新的證據反駁自己的論點／立場。

保持謙虛的態度行文，能讓人感受到真心討論的誠意，較能獲得好評，而非得理不饒人。

畢竟，你永遠不知道閱卷者的立場是否與你一致?!

四、二十七種寫作常犯的邏輯謬誤

坊間許多文章常會出現下列的這種邏輯謬誤，只要謹記下列27點，就能減少寫作上的錯誤，還能辨認所閱讀文章在論證上的有效性。

1. 孤例不為證

在寫論說文的時候，若想證明自己的論點為真，不能只引用一個例證，至少要有兩個以上的例證，而且是有代表性或經過科學檢驗結果證實。

邏輯上有「孤例不為證」的說法，只舉一個例子，不能說服人，那可能是巧合，或者個人的主觀偏（意）見，不能視為客觀證據。

2. 套套邏輯

套套邏輯，又稱循環論證，意指用自己提出的結論當成證據來支持自己的立論。

舉例：

「老師，我真的沒有作弊，小明可以作證。」

「為什麼我要相信小明？」

「老師，我可以保證小明是誠實的。」

套套邏輯的前提與結論是互相關聯，形成封閉循環。

3.主觀偏見，貼標籤

過度誇大個人過去經歷過的事情，認為發生在自己身上的事情也會發生在其他人身上，甚至是放諸四海皆準的道理。

例如：某個人曾經被外勞搶過，從此便認為所有的外勞都是小偷。

主觀偏見容易造成歧視、貼標籤與過度推論。

過度推論就是把單獨發生的個案，放大成為普遍準則（通則）。

寫作時，若將個人經歷過度放大，當作通則來使用，便犯了主觀偏見錯誤。

4.資料引述不完整

引述統計數字、科學研究結果或其他名人佳句時，無法清楚交代出處，甚至自己瞎掰、造假。

5. 錯把相關當因果

新聞報導中常見的錯誤，特別是科學研究的報導。通常科學家只是指出A與B兩者之間有關連性（B的出現，可能有A的影響），卻被過度解讀為是A造成B（因果關係）。

例如：睡眠不足可能導致肥胖，這是相關，因為還有其他原因可能導致肥胖。然而，如果認為睡眠不足一定會導致肥胖，就是錯把相關當因果。

因果之間是有必然性的，A一旦出現，B也會跟著發生。相關卻不必然如此。

6. 陰謀論

認為一件事情的背後必然有特定人士或集團在操作。

例如：台灣部分人士認為，台灣的所有社會問題都是「阿共的陰謀」。

陰謀論同時還犯一個錯誤：過度化約。

把一個社會現象的複雜成因化約為單一成因，試圖以單一成因來解釋問題，然而，世界上的事情很少能以單一成因解釋。

7. 滑波論證

好像溜滑梯一般，認為一旦向某個特別的方向的單一步驟事情發生，將不可避免的影響整段過程的發生。

簡單來說，滑坡論證高估了事件發生的機率，省略了中間事件發生的原因與結論，直接連結到結論。

例如：牽手就會懷孕（省略了中間的步驟，可能會發生，也可能不會）。

8. 稻草人論證

誇大對手的立場與論點，將之極端化，接著再證明對方的論點是錯誤的。

曲解對方的論點，針對曲解後的論點（替身稻草人）攻擊，再宣稱已推翻對方論點的論證方式。

稻草人論證的問題是，你的論證根本不是事實，是你虛構出來的一個不存在的意見，卻在說出來之後，就當成事實，又可稱為先射箭再畫標靶（一定能打中靶心）。

甲：同性戀是正當的，並不可恥。

乙：你去跟你爸媽、學校、公司公開說你是同性戀呀！不敢的話你敢說同性戀正當嗎？

說明：「正當」和「敢公開宣揚」並無必然關係。

9. 模糊調和

正反雙方意見各打五十大板，並不清楚說明白自己的立場究竟是甚麼？好像兩邊都贊成卻也都不贊成。是為了將來方便見風轉舵，或者故作清高。

論說文寫作一定要有清楚明確的立場，切忌各打五十大板的偽中立、假客觀，模糊調和。

10. 自相矛盾

自己的立論與前提或結論相互矛盾。

例如：想要反對死刑，舉的例證卻是贊成死刑的論點。

11. 過度化約

在第6點的陰謀論的地方解釋過了，就是試圖以極度簡化或單一成因來解釋事件。

12. 訴諸禮貌／訴諸無禮、道德規範

不就事論事，訴諸世間的一般道德規範。例如：學生要對老師有禮貌，因此不可以質疑老師的說法是否正確。老師就算錯了也不能指正。

13. 三人成虎

訴諸多數人的共識，而非真理或正確的價值觀。

例如：大家都認為老師應該教訓小明，老師就應該教訓小明嗎？如果小明沒有犯錯的話？

14. 雞蛋裡挑骨頭

故意從文章內容中挑出與主旨不相干的細節或文法錯誤之類進行反駁，好像只要能駁倒該細節，就能反駁整篇文章。

舉例來說，某篇文章在討論A理論存在對於學術研究的價值，結果卻指責該篇文章沒有介紹B理論，但該文章本來就不處理B理論的問題，也與B理論完全無關。

15. 人身攻擊

不就事論事，而是攻擊對方的人格特質或外在特徵，或直接對人羞辱。

例如：認為外勞都是壞人，韓國人都只會作弊。嘲笑單親家庭的孩子沒爸爸（或媽媽），嘲笑胖子行動遲緩，嘲笑臉上有特殊記號的人是醜陋的、骯髒的。

16. 雙重標準

同一件事情，A做可以，但B不行。

例如：同樣是上課睡覺，小明因為是全班第一名老師就不處罰，小華因為是全班最後一名就被老師處罰。

17. 訴諸權威

不就事論事，搬出大人物、科學家說過的話，當作證據。名言佳句不是不能使用，但只能做為佐證，而非主要論證。

另外，不訴諸道理而訴諸輩分，也是一種訴諸權威。

例如：父親要兒子聽話不是因為父親說的話有道理，而是因為父親是父親（權威）。

18. 二分法

一個事情只有對或錯、黑或白兩種截然不同的立場，並且你的立場和我不同，你就是壞人（而我是好人），好人要打倒壞人。

世界上很多事情不是非黑即白，非善即惡，有很多模糊灰色地帶。

19. 轉移舉證責任

論證時，不舉證，反而要反對意見方替自己舉證。

例如：部分擁核派人士，要求反核派舉證替代能源方案，但是，舉證替代能源方案其實是第三方（政府）的責任。

20. 突然改變立場

文章寫到一半，突然反對起自己先前提出的立場，跳到另外一邊。

論說文寫作的立場一定要明確，選定立場後才開始鋪陳論述，不可以忽正忽反、亦正亦反，一定要清楚明白。

21. 事後諸葛

早就跟你說過了……，等到事情已經發生，人們都知道事情發生的原因之後，才假裝自己原本就已經掌握了事情發生的原因（只是當下沒有說）。

22. 駁斥例證

鑽牛角尖於論點例句的正確性，卻沒有查證論點例證的真實性。

例如：

「現在的學生脾氣真的很不好，隔壁的小王昨天撞到我，竟然沒有道歉！」

「小王已經不是學生了。」

23.單側評價

只從一個角度切入討論事情。

例如：

擁核派只討論核能發電的優點，卻避談核廢料處理問題。想結婚的人只談論結婚的好處，卻不管結婚的缺點與難題。

只從一個角度切入，容易流於主觀偏袒，無法客觀論述。必須連反面意見都納入考量，並且駁倒反對意見，才能形成客觀有效的論述。

24.過度聯想

發生了A之後，便認為不但B會發生，且CDEFG……通通會發生。

舉例：

小明上班時在彩券行買了一張彩券，開始幻想自己會中頭獎，取個漂亮老婆……到公司時，竟然跟老闆說「自己不幹了！」

25. 訴諸權威

「以科學研究證明表示」、「某某理論認為」作為論證的依據，卻不管科學研究證明或某某理論是否正確。

26. 不相干的幽默

幽默能夠化解衝突，調和人際關係，卻不是作為論證是非的好手段。幽默論證能夠分散人的注意力，卻無法反駁已經存在的例證。

27. 訴諸同情

因為他很可憐……

可憐之人，必有可恨之處。一個人／一個情況很可憐不等於他是正確的。

例如：

因為狀況很可憐而殺人固然值得同情，但不代表殺人就變成正確的事情，殺人者還是要為此付出代價（只是或許可以減輕）。

奧勒岡辯論賽制與寫作——有規則的正反論點攻防

寫文章最重要的是以論據佐證論點，沒有論據支持的論點，是無效論證，是無效文章。論證要有效，論證的資料必須是根據事實且可以被驗證，而不是根據寫作的個人價值判斷，並且，必須根據一套明確的規範進行論證，不是愛寫什麼就寫什麼。

奧勒岡辯論賽的規則，正是論證規則的典範，也適合套用在寫作中，特別是論說文與議論文寫作。

在《決斷思考就是你的武器》一書中，介紹了奧勒岡辯論賽的五大規則和論點必須具備之條件，我認為非常適合作為練習段落論證組織，整理如下，供寫作人參考：

規則1.主題：必須有特定／具體的議題

舉例：

核電存廢→十年內是否可以完成廢核？／當下是否可以完成廢核？

規則2.論辯：必須有正方與反方論點

論說文寫作的優劣，看的是論辯過程是否精彩，而非結論是否正確／有道理。

規則3.目的：說服尚未形成立場的第三方

論說文的目的，不在於反駁與自己不同意見的人（對立論點者通常無法透過辯論贏得對方的支持），而是透過反駁不同意見贏得第三方（或原本無意見方）的支持。

規則4.論證：就事論事，不帶價值判斷

必須就論點進行討論，就事論事，不得進行人身攻擊。

規則5.論證，一種正反雙方論點的優劣評估

某種程度上來說，論證就是將正反雙方立場者的論點放在一起，進行評估。當正方論點優於反方論點，利大於弊、效益大於成本、利潤大於風險時，便接受正方論點。反之亦然。

練好邏輯思考與寫作力的延伸推薦閱讀

伯納・派頓《是邏輯，還是鬼扯》，商周。

本田直之，《槓桿思考術》，漫遊者。

梅森・皮里，《邏輯即戰力》，所以文化。

安東尼・威斯頓，《學會思考，你贏定了》，所以文化

章末Memo：

修練

第5項

文章的基本結構就像做三明治

文章，是為了解決問題而寫。

一個問題的存在，必然有各種意見。作者自己雖然持有一種見解，卻不代表這個世界上對此一問題只有作者所持的一種見解。

身為寫作人，不能只在文章裡介紹自己的見解，還必須介紹或反駁其他跟自己不同立場的見解，給這篇文章的讀者知道。在文章的主體部分，作者有責任與義務深入解說解析問題的各種立論之論點，以及形成這些論點的論據。

一、3類4型：文章的基本結構

文章，是由字詞組成的句子，構成段落組成。

前面三章，我們介紹過了琢磨字詞、句子與段落的寫作技巧，這一章，我們要來介紹組織出一篇文章的方法。

若以方程式來呈現，文章的公式如下：

文章＝段落1【句子1（字詞1＋字詞2……字詞N）＋句子2……句子N】＋段落2……段落N

在第二、三、四章中，我們已經分解介紹了各個文章層次的寫作練習，接下來我們要將其組織成一篇結構完整的文章。

實際上來說，一篇文章可以由無數的段落組成，端視作者設定的文章長度。不過，就理論上來說，文章的段落可以分為三類四型。

哪三類？

破題、主體與結論。

哪四型？

起、承／轉、合

起就是破題（問題介紹，帶出論點），合就是結論，承與轉則是主體論證。

為什麼主體的部分要再區分成兩型？

這裡就牽涉到文章寫作的關鍵：透過與對立面意見對話，帶出我方見解，從而解答問題，得出結果。

文章，是為了解決問題而寫。

一個問題的存在，必然有各種意見。作者自己雖然持有一種見解，卻不代表這個世界上對此一問題只有作者所持的一種見解。

身為寫作人，不能只在文章裡介紹自己的見解，還必須介紹或反駁其他跟自己不同立場的見解，給這篇文章的讀者知道。在文章的主體部分，作者有責任與義務深入解說解析問題的各種立論之論點，以及形成這些論點的論據。

之所以必須如此，乃是因為文章誕生的時代，不若今天的人們，有了任何問題可以隨時上網搜尋資料。過往的人類，想要了解一個主題，只能閱讀別人所寫的文章。知識則是透過大量的文章累積而成，是以每一個寫文章的人，都有責任跟義務介紹該領域裡的重要意見，即便這些意見與自己不同，也必須先客觀公允的將意見解說清楚，再進行反駁或介紹自己的意見。

如果說，破題是帶出文章的問題意識（主題），結論是重申作者的立場和觀點，那麼主體（承／轉）的部分，就是交代清楚關於此一主題中，跟作者不同立場者，以及和作者相同立場者的觀點，並讓雙方觀點交互對話、辯論，最後得出某種作者希望達成的結論。

這套鋪陳問題與論點和結論的體例，成了所有文章的標準格式。

文章的結構：

段落I—破題：介紹問題出場，定義與說明問題梗概，帶出作者對此問題的主張（論點），承諾讀者接下來的部分，將會詳細解析此一問題並給出解答的證明

段落II—承題：介紹對立意見者的論點與論據

段落III—轉題：指出對立方意見的不足之處，進行反駁或補充，並同時帶出我方論點與論據

段落IV—合題：重申問題與作者的意見

文章的結構

	公式	內容	重點	篇幅占比
段落Ⅰ	破題	問題出場、定義與說明問題、提出主張	帶出問題意識、提出主張	15～20%
段落Ⅱ	承題	對立意見的論點與論據	反論、他人論點／證	25～35%
段落Ⅲ	轉題	指出對立意見的不足，進行反駁或補充，並同時帶出我方論點與論據	正論、作者論點／證	35～45%
段落Ⅳ	合題	重申問題與作者的意見	重申正論（結論）	10～15%

了解文章的基本結構後，接下來將介紹三種常的文章布局方法：

二、三種常用的布局方法

方法1.事件介紹／低谷→高峰／結論

破題（起）：說明某個事件／現象（問題意識）
主體一（承）：描述身處低谷的狀態
主體二（轉）：描述往山峰攀登的過程
結論（合）：達到山峰時的評論或心得感受

方法1的逆轉勝邏輯，常見於各種戲劇、電影、小說或人物敘述的文章。

故事創作，也有公式可以依循。

故事設計有個黃金三原則，在此簡單向大家介紹：

a.有一個身上帶有缺陷的主人翁

b.主人翁有一個無論如何都想完成的目標／夢想

c.在完成目標／夢想的路上，遭遇各種助力與阻力，讓主人翁受苦又成長

故事或人物敘述型的文章，會先讓壞事出場，把主人翁打落谷底，令其痛不欲生，以介紹該篇文章所希望探討之主題出場，並讓讀者了解，故事中的主人翁如果想要得到圓滿的理想結局，需要補強哪些能力？

擊落谷底讓主人翁了解自己的侷限與軟弱之後，接著將會出現改變的契機，或許是某個人或事物（寶物）的出現，改變了主人翁的觀點，增強了主人翁的能力，改善了主人翁的弱點，使其有能力繼續往前走，面對自己的問題，然後往理想目標邁進。

這類型的文章想要引人入勝，在主體的部分必須讓讀者在閱讀過程中，產生「**逆轉勝邏輯＋before／after效應**」，帶領讀者一步步從低谷往高峰攀爬，在結論時站在高峰上享受千帆過盡的美好體驗。

雖然看天下無敵的武林高手殺敵人很爽，但如果主人翁從一開始就天下無敵，整本小說全都輕而易舉的就解決了壞蛋，只會讓人打哈欠。唯有讓主人翁先被欺負打落谷底，再習得絕世武功，為自己復仇同時解決傷天害理的大魔王，讀者才會感受到真正的痛快感受。

日本綜藝節目《全能住宅改造王》，就是善於使用「低谷到高峰、**before／after效應**」的高手。

節目一開始（破題），會介紹委託的案主原本惡劣的居家環境（帶出問題意識）

節目的本體，找來專家達人幫忙改造房屋，協助解決住宅中的各式問題，描述拆除老舊錯

誤到重建新生的過程

節目最後，向委託的案主展現改造成果

節目的高潮（結論），則是讓委託人看到改造前後的巨大變化，使其心生衝擊與感動，留下眼淚，從此在這個改造完成後的房子裡，過著幸福快樂的日子！

自傳履歷寫作的秘訣：講述自己的工作故事

讓人透過履歷自傳對你的性格、工作能力、工作態度有基本了解，產生想要找你來面試，想跟你一起工作的心情。

自傳的內容

第一、交代自己的出身、家庭背景、排行、求學歷程、性格、興趣、嗜好等表列式的履歷所無法展現的部分，特別是性格，越能夠透過自傳將自己的人格特質呈現給面試官了解，越能獲得面試官的青睞。

第二、交代自己過往的打工、社團、大學系學會等的工作經驗，特別是團隊合作的經驗，以及自己從過去的團隊合作經驗中所獲得的收穫（可挑一個故事簡單說明）。

第三、交代和所應徵的工作內容相關的經驗。例如，應徵行銷企劃，就談談以前在學校社團，組織與推廣活動的經驗；應徵文字編輯，不妨談談自己編校刊或寫作方面的經驗；應徵書店店員則不妨談談自己對閱讀與書的經驗；應徵業務則不妨談談自己與人互動時所發生過的有趣小故事。

第四、交代自己的工作哲學，簡單說就是自己面對工作的態度，以及自己對於職涯發展的想法，夢想成為什麼樣的人，打算怎麼努力、學習等等。

自傳最忌諱的就是一體適用，無論應徵什麼工作，全都使用同一份自傳。雖然說自傳有很大一部分是可以重複使用（第一、二、四點），但還是有必須根據應徵工作性質而進行調整的部分（第三點）。

自傳寫作的格式：

1.破題：切忌流水帳式寫法（自傳在履歷表裡都有了）

我叫王乾任，嘉義人，家裡有四人……

這是最常犯的通病，也是最常見的履歷自傳寫法，細數家中成員與學經歷，相信大家都不陌生。

寫文章最起始段「破題」，目的在於引起讀者的興趣，流水帳寫法完全無法引起讀者（面試官）的興趣，好一點的公司，競爭對手多的公司，可能看到流水帳破題法的自傳就先剔除了。

破題要能吸引人注意：

我每天固定寫作一到三篇，持之以恆，已經維持了八年以上的時間，每個月完成至少六十篇稿件，在中港台三地的媒體發表，已經出版過三十本著作……。

想要令履歷讀者對你留下深刻印象，最好的做法，就是將自傳的重點放在介紹與你打算應徵工作所需能力相關的經驗或學識資料。假設我想應徵寫手，那麼，上述破題同時強調了我的紀律、寫作能力、速度等特質。

2. 主體（承題）：談談自己的工作能力，以及以此能力完成的工作，克服的挑戰（請遵守逆轉勝邏輯，以小故事的手法呈現）

某一次，某個固定合作的版面編輯，在截稿當天下午突然發來一封信，問我可否幫忙趕一篇稿子，原本答應交稿的作者臨時出事，版面又不能開天窗，當天晚上就得交稿。

我二話不說，馬上答應，並請編輯不用擔心，我會提前交稿，並向對方確認寫作文章的主題與字數限制。通信完畢後，隨即著手收集資料，整理與組織稿件，兩個小時後就交稿，比原本的截止期限提早了好幾小時。後來，我還幫該版面的編輯當了好幾次救火隊。

面試官通常希望自己聘用的人才，能夠替公司解決問題，替公司賺錢，讓公司能夠順暢營運。

工作一定會碰到需要處理的意外或緊急狀況，如果能夠透過一個逆轉勝的小故事，介紹你自己的工作能力和人格特質，能讓面試官印象深刻，無形中也是在向面試官傳達「我可以勝任此一工作」的訊息。

3.主體（轉題）以一個小故事，介紹自己的工作態度

曾經有相熟的NGO單位問我可否幫忙寫稿，可是單位經費拮据，無法支付費用。我詢問對方，可否贈送一些小禮品或單位的刊物，對方都表示沒辦法。雖然我很想幫忙，但最後只能婉拒。

我十分熱愛文字工作，願意幫忙當救火隊，拿很低廉的稿費，但是，絕對不允許自己做白工，即便是經費拮据的單位，立意良善的邀約，至少也應該有贈品。寫作是一種專業，是付出了一定的努力後換取收入的專業，因此，我不允許做白工的事情。

自傳中除了介紹自己的專業能力外，也別忘了談一談自己的性格與工作態度，人的工作態度往往從自己的性格衍伸而來。同樣以小故事的方式呈現。

履歷切記寫得呆板無趣，寧可忠實的呈現自己的性格、工作能力與態度（當然要多挑好的面向介紹，只有自我批判或缺點交代，對方看了也不敢用），也不要為了討好所有人而寫出一份中規中矩的無趣自傳，畢竟，自傳是為了讓自己遇見適合的雇主的媒介，勉強營造出一個不存在的自己，最後還是會破功。

練習

✓按照上述體例，寫一篇自傳履歷，八百字為限。

（提示：個人工作能力、工作態度、小故事、逆轉勝）

方法2.事件介紹／成因／解法／結論

破題（起）：說明某個事件／現象（問題意識）
主體一（承）：說明事件的成因
主體二（轉）：帶出解決某個事件／現象的方法
結論（合）：評論或心得感受

方法2的文章，使用於以解決問題為主的文章中。

這類型文章，通常會在破題首段提出問題，告訴讀者這是一個真實存在且必須認真面對與討論的嚴重問題。

進入文章主體的部分，會先分析問題的成因，試圖釐清造成問題的各種理由，並從中確認此一問題是否能夠解決？

如果確認可以解決的話，就會進入主體的第二部分，提出解決方案。

最後在結論的部分，告訴大家問題解決之後的光景和感受。

範例：

主題策展趨勢的台北國際書展

（王乾任，二〇一五年／二月／十六日　東方日報大員通訊）

破題（起）：說明某個事件／現象（問題意識）

一年一度的台北國際書展，歷年來都是台北年度閱讀盛事，直到前幾年開始出現衰退現象，除了參展廠商大幅縮水外，參與人潮也逐年減少。出版界對於參展廠商與人潮的衰退，最常見的解釋理由就是景氣寒冬波及出版市場。人們不來台北國際書展，未必和圖書出版的總體業績衰退有關，反而更多和網路書店的崛起有關。

主體一（承）：說明事件的成因

這些年越來越多網路書店在台北國際書展展期前後，推出長時間的特惠書展，搶食原本國際書展的業績。既然在網路書店就能買到同樣便宜且數量更多的折扣優惠書，自然不會想上國際書展搶優惠。

賣場化多年的台北國際書展，碰上強勁的敵手，一下子失去了市場利基，於是越來越多廠商退出參展活動，而人潮也就跟著衰退，形成惡性循環。原本，台北國際書展因為還有二館的動漫館人潮撐住場面，總參展人數還不至於太難看。不過，去年開始，集客力最強的動漫展區的主要大廠決定與台北國際書展分家，跑到南港展覽館自己辦活動。雖說書展基金會表面上不願意承認，指稱書展會場還是有動漫展區，但內行人都知道，動漫主要大廠全都缺席，轉往南港動漫展。

於是，去年台北國際書展出現有史以來最大的衰退，人潮與參展數量都是，更讓出版人不得不嚴峻面對台北國際書展的發展走向問題。畢竟繼續走大賣場路線，廠商參展意願低落不說，也招攬不到人來參加。

主體二（轉）：帶出解決某個事件／現象的方法

俗話說得好，危機就是轉機，在今年的台北國際書展，就讓人看見了轉型的跡象正在萌生。

雖然說，今年的人潮還是不如過往，參展攤位明顯還是比全盛時期少很多，許多小而美的出版社都不來參展，而且在會場賣書越來越艱難（常常連場地成本都賺不回來），出現越來越多非書攤位（如桌遊廠商）。

不過，今年參展的廠商卻出現令人欣喜的現象，那就是主題策展趨勢的確立，像是第五年繼續舉辦且深獲好評的讀字去旅行系列之讀字小酒館，獨立書店也繼去年聯合推出展館之後，再度合作推出行動書車的概念書展，其他參展大廠也都開始將自己的展區主題館化，不再只把書展當成年終拚現金的特賣會。雖然現場還是有不少推銷團隊在叫賣，不過更多的是與讀者直接的互動，試圖營造各種美好的閱讀體驗，讓前來的讀者感受閱讀之美好的活動。

結論（合）：評論或心得感受

原本國際書展就是為了版權交易而誕生的商展，只是後來網路發達之後，版權交易大多可以透過網路完成，當時的台北國際書展便面臨了轉型的壓力，後來發展出以大賣場和優惠折扣拍賣會做為因應之道。

未來的台北國際書展將會逐漸擺脫大賣場模式，不再把書展當成賣書的賣場，而把書展當成展演書籍工藝、閱讀文化的一種博覽會，把書展會場當成讓出版人、作者和讀者直接交流互動的場所，在書展會場創造一種在書店買書得不到的獨特體驗，或許會場現場的書籍成交業績不再像過去那麼好，參展廠商也不是為了賣書而是為了和讀者交流才來，但社會對閱讀與出版的了解卻更加深刻，且極有可能反映在日常的閱讀與圖書銷售業績上。

以主題策展方式與愛書人互動交流，台北國際書展將成為年度閱讀體驗交流的盛會，生機盎然。

寫作練習

✓ 面對即將到來的少子化趨勢，高等教育該如何因應處理？

方法3. 事件介紹／非我方論點／我方論點／結論

破題（起）：說明某個事件／現象（問題意識）

主體一（承）：非我方論點

主體二（轉）：我方論點

結論（合）：評論或心得感受

文章寫作，必須遵守先反後正的立論說明規則，不能只顧說自己想講的論點，不回應其他與其相反之意見的論點。那會讓你的文章一發表就招來反對立場者的質疑，成了論證結構不完整的無效文章（邏輯上則是犯了「單側偏重謬誤」）。

如果在破題的地方就先以定義的方式劃定討論問題的範圍，在承題的部分將主要的的對立意見之論點全數給予必要的說明與反駁，就能避免這類因為書寫結構漏洞而造成的狀況。

文章寫作的內在規則，是在文章主體部分，必須處理兩組對立（正反、好壞）的論點，且將各自的論點與論據詳實的說明清楚，主體二（轉）通常是寫作人自己踩的論點（立場），主體一（承）則是寫作人欲反駁或補充的論點。

範例：

減少碩博士生　就能解決貧窮化問題？

（王乾任，二〇一四年／十一月／三十日　東方日報大員通訊）

破題（起）：說明某個事件／現象（問題意識）

關於台灣高等教育的問題，這些年來已經有不少人談。新任教育部長吳思華先生，也跳出來談了一下，特別鎖定博士問題。

吳部長認為，台灣的博士生產供過於求，未來十年可能會出現六萬個流浪博士，找不到工作。

主體一（承）：非我方論點

細讀了一下吳部長的發言，發現有一點推論上的謬誤。吳部長在評估流浪博士時，只以每年新生的博士數量減去每年進入學校計算每年新誕生的博士進入教職的部分，忽略了進入其他產業的就業狀況，把不能進入學術界都視為流浪博士，過分高估了博士失業狀況。

不過，高估並不能否認博士失業的情況的確存在，而且日益惡化的事實。只不過，把博士失業率的攀升，單單歸咎於廣開高等教育之門，未免太過簡化。

不只是博士，碩士乃至大學畢業生的過度供給，造成學歷貶值、起薪下降的現象，坊間最常歸咎的元凶之一就是廣開高教之門，招收了太多學生所導致。

不容否認，廣開高教之門的確過於草率，特別是為了升格而升格，且沒有考慮到少子化的衝擊，還有大學為了得到廉價勞動力與學費挹注，不斷廣開設碩博士班，造成供給增加。

主體二（轉）：我方論點

不過，高學歷失業問題，還有一個較少被人檢視卻也很重要的面向，那就是就業市場的需求面。

如果我們承認，基礎建設是國家發展不可或缺的一環，那麼教育肯定是國家重要的一項基礎建設，畢竟培養出國家產業所需用的人才，才能讓社會經濟有效利用人力資本，提高國家發展效能。

把高學歷失業潮推給供給過剩，是倒果為因的事後諸葛論。當年之所以推動廣開大學，增設與調整系所，應當屬於國家基礎建設總體布局的一環。十多年前，正好是台灣社會呼籲推動產業升級轉型的關鍵時刻，代工製造業毛利日薄，若要保住台灣經濟發展，必須推動產業升級。

產業要升級，當然需要新型態的人才，新型態的人才不可能從舊有的教育體制中生產，改革教育體制乃成了必然要做的工作，於是才有了廣開高教之門的政策。

畢竟如果台灣順利轉型成高科技創新研發島，所需的基礎製造人才一定大幅降低，研發創新設計人才需求則會大幅增加，教育制度必須在產業轉型升級上軌道之前先行調整，培養出足夠次世代產業發展所需用的人才才行。

結論（合）：評論或心得感受

因為產業升級失敗，台灣就業市場只能提供低薪工作的情況，不會因為碩博士生的數量減少而改變。現況是，年輕人學了一身武功沒地方發揮，只好出國去，政府跟資本家卻回頭怪教育部門。縱然現在開始縮減高教學生數也只夠因應少子化衝擊而已，高教普及化已經是無法逆轉的趨勢了，關鍵還是就業供給的品質不足必須解決。

政府必須加速輔導產業轉型，或乾脆鼓勵新一波創業潮來吸納新型態人才，光是減少碩博士學位是治標不治本的問題，青年低薪與貧窮化現象並不會解決。

練習

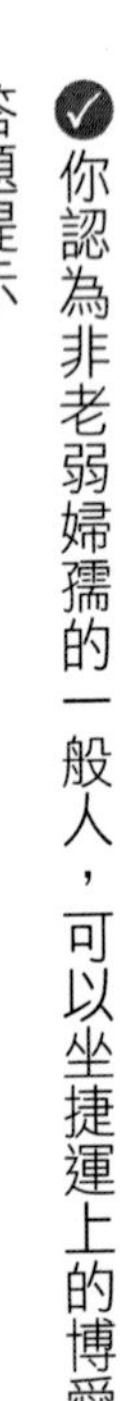

✓ 你認為非老弱婦孺的一般人，可以坐捷運上的博愛座嗎？為什麼？

答題提示

a. 支持或反對都可，重點是列舉理由，並反駁另一方的理由與論點

b. 假設贊成一般人可以入座，理由：

(1) 博愛座並非法律規定，沒有強制力

(2) 若有需要者上車時再讓座即可

(3) 若不是人滿為患，沒必要特別讓座

(4) 只要有心，每個座位都可以是博愛座

(5) 只有老弱婦孺才能使用博愛座，是種道德法西斯的無限上綱

三、實戰篇

以下介紹幾種常見文章類型的格式，即是源自前述的文章公式，目的是讓讀者體驗寫文章必須套公式。

1. 論說文超簡單～套公式，學會論說文寫作

論說文，西方文體中的Essay（小論文），透過一套論辯的流程，分析事理、明辨是非、權衡利害、判斷真義，目的是講道理、撥亂反正，傳達正確訊息，說服人。

報紙的社論、民意論壇，就是論說文體例。

雖然上大學以前的作文課很少教授論說文寫作的技巧，不過，上大學以後，乃至出社會工作，論說文寫作卻是不可或缺的寫作力。

不懂論說文寫作技巧，學校的報告、學位論文寫不出來，研究所或國家考試申論題拿不了高分，在公司裡連會議記錄都可能寫不好，更別說企劃提案，因為論說文的內在原理充斥於大學與職場的各種寫作需求中。

上大學、出社會後的寫作，幾乎都是論說文規格，如果不懂論說文寫作的原理原則以及寫作秘訣，求學或工作會辛苦很多。

1-1 論說文寫作的秘訣

論說文寫作，只要使用「白描法」一種修辭技巧就足夠。

論說文寫作重點，是把道理講清楚、說分明。

之所以覺得論說文不好寫，通常是不懂如何把道理說分明的方法。

寫論說文就像蓋房子一樣，有一定的結構、技法，只要按圖索驥、按部就班、不偷工減料，實實在在地蓋，就能蓋好一棟房子。

至於房子蓋得牢不牢固、美不美觀，就看個別同學的修辭與說理的修為，但是，至少能蓋出一定穩健的房子。

只要搞懂方法，寫論說文再也難不倒你。

1-2 一表呈現論說文

寫論說文，有公式可循。

不，應該說，要學好論說文寫作，得遵循論說文的寫作公式。論說文必須遵循規矩開展論點，才能讓讀者搞清楚，此篇文章想要說明的事理究竟為何？若不遵守規則，則讀者根本搞不懂作者想表達的意思？

論說文的格式與重點

公式	內容	重點	篇幅占比
起（破題）	說明事件梗概，劃定討論範圍與目的	帶出問題意識	15～20%
承	欲反駁／補充之論點的整理、介紹	反論、他人論點	25～35%
轉	反駁／補充（承題）論點之論點的說明	正論、作者論點（論證、例證）	35～45%
合	結論，重申問題與正論的關係	重申正論	10～15%

1-3 論說文寫作注意事項

A.破題：說明事件重點（5W1H）＋帶出待討論問題

「破題」最重要的任務在框限題旨，明確地劃定寫作主題與接下來要「展開」的正文（承與轉）部分所要討論之問題的範圍，使文章能夠專注於寫作者想要談的核心命題，不至於過分展開而流於雜亂。

以圖像比喻，破題與承／轉題的關係，像漏斗一樣，頭尾寬而中間窄。

一般來說，文章的破題方法很多，像是直接破題法、間接破題法、突兀破題法、引說破題法、問答破題法、解釋破題法、比喻破題法、反起破題法。

論說文的破題，有兩個主要任務，也只要好好完成此二任務即可。

a. 簡扼說明欲討論的事件重點

論說文的目的，通常是要論說一個事件（議題、問題），因此，要先能把一個事件言簡意賅地說明清楚究竟是什麼？

說明一個事件的梗概，其實很簡單，只要把握新聞採訪寫作的5W1H原則，便能簡扼說明事件的重點。

5W指的是When（何時）、Where（在哪裡）、Who（誰）、What（什麼事件）、Why（為什麼）。

1H指的是how（如何），事件發生的經過。

b. 劃定文章接下來欲討論之問題範圍

將問題鎖定在可進行具體正反論點討論的焦點上。

c. 破題寫作的注意事項

每一個重大社會議題或新聞事件的發生，可以深入探討的面向有很多，限於篇幅，或者作者個人興趣、學識涵養等因素，很少有人可以全方位的深入探討一個事件的每一個面向。最好的做法，是挑出一個事件中你最想談的一個點，深入而詳實的探討這一點，把道理說清楚，讓人明白就夠了。

論說文寫不好，常常是寫作者太貪心，想在一篇文章中討論一個以上的問題，結果文章混淆成一團，讀者搞不清楚作者究竟想說什麼，不知所云。

B.承題

公允、客觀、詳盡地將作者所欲反對之立論介紹清楚。

論說文寫作很關鍵的一點在於，將文章所欲討論之事件／議題的正反面論述各自清楚交代，並不偏袒或護短。

清楚交代的意思是，即便是寫作人不贊成的論點，也應該詳述反對方提出的論據與論點，不得扭曲或汙衊。

正反論點各自交代，透過論辯過程交代清楚正反雙方論點的利弊得失，讓讀者自行判斷哪一方的論點更有道理，而不是故意醜化反對方論點，美化我方論點。

在承題寫作上，最難也最必須遵守的一個注意事項，就是客觀公允的將反對方的論點與論證交代清楚。

不只是論說文，所有的文章寫作，客觀且清楚交代反對面意見都是很重要的。例如：寫作飲食雜記時，與其一味的說某家店或某種食物好吃，不如透過訴說另外一組店或食物的不好吃，透過比較的方式呈現，引導讀者形成判斷，會更有說服力。

但凡寫作，不該只是一味的說自己好或說別人壞，而是透過好壞並陳的方式，把雙方的優缺點各自詳列清楚，讓讀者自己判斷。

C.轉題

論說文寫作的重點，在轉題的部分，寫作人將在此部分，盡情展現說理論事的能力，反駁或補充承題中出現的（反面）論點。

這裡是所有論說文的最關鍵處。

論說文寫作的基本規則是，所有的論點都必須有論證支持，所有的論證都必須基於事實基礎，不得以個人主觀經驗或價值信念作為建構論證的材料。

轉題的部分，通常以兩種方式處理承題部分所介紹的反面意見：

a.補充法

認為承題對某個事件／議題的論點都很正確，只是還不夠，還漏了某些重要的論點，本文將來補上這些論點的介紹與討論，甚至部分修正或反駁承題的論點。

b.反駁法

認為承題對某個事件／議題的看法是錯誤的，本文將逐一反駁，並帶出本文作者看法。

D.結論

重申破題時的事件與主張，並帶出解決問題的建議。

1-4 論說文的論證技巧：邏輯論證，一言以蔽之，就是「利大於弊」

論說文的論證，一言以蔽之，就是讓你所支持的論點勝過對立方的論點，證明你所支持的論點是利大於弊、成本大於效益、機會大於風險、優點多於缺點，使讀者願意採納你所闡述／支持的意見，同時也揚棄你所反對的意見。

2.時事評論寫作

論說文最常見於報章雜誌的時事評論文章，在此我們簡單介紹一下時事評論文章的寫作格式與技巧：

時事評論的公式

公式	內容	重點	篇幅占比
起（破題）	說明新聞梗概，劃定討論範圍與目的	帶出問題意識	15～20%
承	欲反駁／補充之論點的整理、介紹	反論、他人論點	25～35%
轉	反駁／補充（承題）論點之論點的說明	正論、作者論點（論證、例證）	35～45%
合	結論，重申問題與正論的關係	重申正論	10～15%

A.起／破題

a.目的：破題

b.內容：簡要說明事件的發生經過，指出對社會影響，以及文章接下來所要討論的問題重心。

c.字數：以八百字為一篇文章來說，起的部分佔一百～一百五十字（若文章倍增擴大，則按比例擴大）。

B.承（反面論點論述）

a.目的：解析既有論述

b.內容：對於所發生之事件，社會上主要意見的分別陳述，主要鎖定在接下來準備在「轉」的地方予以反駁／補充的反面論述（我們的文章所要反對的論述）。

c.字數：以八百字為一篇文章來說，承的部分佔二百五十～三百字（若文章倍增擴大，則按比例擴大）。

C.轉（正面／我方論點的論述）

a.目的：論證主章的提出

b.內容：為何你認為坊間主要論點是不足或錯誤，並以你的論點一一補充說明或駁斥

c.字數：以八百字為一篇文章來說，轉的部分佔二百五十～三百字（若文章倍增擴大，則按比例擴大）。

D.合

a.目的：歸納總結

b.內容：將事件與論述作簡單扼要說明，重申自己主張的正確性

c.字數：以八百字為一篇文章來說，合的部分佔一百～一百五十字（若文章倍增擴大，則按比例擴大）。

2-1 時事評論寫作的秘訣

A.要兼顧宏觀與微觀

舉個例子：

今天空氣很差，你有過敏體質，要不要戴口罩出門？

當然要，要照顧好自己的身體！

即便你知道，空氣汙染並不是你造成的，也還是要保護自己身體。

社會上許多重大議題的爭吵，常常是辯論雙方各說各話。

例如，國家有沒有對不起年輕人？青年起薪過低到底是誰的錯？

認為是年輕人的錯，應該自己提升實力的一派說法，毋寧就像碰上空氣很差會選擇自己戴口罩防範，卻不追問背後的結構性成因。

提升個人解決問題的能力的說法並沒有錯，但是，社會問題通常不是靠個人自己提升能力就能解決，還需要大家一起努力。

就像我們個人碰上空氣不好，會戴口罩防止被汙染，但是更應該要聯合起來，要求政府制定更嚴格的空汙政策。

也就是說，好的時事評論必須兼顧一個問題的個人面（微觀）與社會（宏觀）面造成的影響、成因與解決之道，不能只偏重某一面。就好像雖然知道空氣汙染不是自己造成的，但如果在澈底解決造成空氣汙染的原因之前，個人出門都不帶口罩，身體還是會被破壞，並不會因為事件不是自己造成的就能免於受影響。

B. 不能只是指出問題成因，還要明確說出解決辦法

只探討社會問題的嚴重性或點出造成問題的原因，卻不提解決辦法，是不成熟且不負責任的社會評論。

雖然我們提出的辦法也許可行，也許不可行，也許無力推行，但是，評論寫作者一定要提出自己對於解決問題的實際執行辦法的建議。

少掉解決辦法的評論，就只是掉書袋的批評與發洩文而已，只是高級酸文或炫學，對社會的幫助不大。

此外，解決辦法一定要兼顧宏觀與微觀，個人面自己可以怎麼努力的，還有集體面該怎麼推動政策改革的，都要給出明確的建議。

C. 面對對立意見，不能持主觀偏見

不能因為對立意見者的立場跟自己不一樣，就以主觀偏見、個人好惡或與論證論點無關的人身攻擊、道德或禮貌指責，去對付或迴避其意見。

就算對方表達意見的態度不好（例如：陳為廷指著教育部長罵），也不能因此就迴避對立意見者的質疑。必須把對立意見當意見，認真的拆解並指出對方的不足之處，就事論事，認真回應。

評論寫作很重要的一點是，評論寫作不是要把未決定立場者趕走，也不是為了說服已經有立場且跟我們不一樣的人，而為了提醒還沒有對此議題下決定的人來思考這個議題，甚至接受我方提出的見解，是以，不要落入和對立意見者爭執態度、禮貌或非關文本主要論證的枝微末節的泥沼戰中。

3. 研究所與國家考試申論題答題秘訣

研究所與國家考試的申論題答題技巧，使用的也是論說文格式，在此我們做個簡單的介紹。申論題考試作答秘訣，申論題就是寫Essay（小論文），就是過去大學四年交課業報告該使用的寫作格式，一種必須包含起承轉合，在文章中交代清楚問題意識、理論假設、概念定義、學術流派之演變與在該問題上的爭辯重心，最後得出結論的寫作格式。

申論題通常一題二十五分，閱卷老師的給分標準是，能夠完整寫完一套起承轉合並且正確探討考題者，給予十五分。寫得越好，分數越往上加（反之則往下扣）。

配分標準：二十五分的申論題，一般來說，至少須寫作一千五百字，最好能夠寫到二千～二千五百字。假定我們一題預計拿十五分，約莫寫一千五百～二千字。

3-1 申論題寫作公式

申論題答題技巧在「起承轉合」公式的套用，試以傳播所常考的「社會問題解析」一科，舉例如下：

A.起

a.目的：破題。

b.內容：重新把問題解釋一遍，指出問題真正想問的重點為何？

c.字數：以一千五百字的規格來說，約二百～三百字。

B.承

a.目的：解析既有論述。

b.內容：對於所發生之事件／議題，各學科理論流派的主要論點，分別陳述，但是，重點主要鎖定在接下來準備在「轉」的地方予以反駁的反面論述（你的文章所要反對的論述）。

c.字數：以一千五百字的規格來說，承佔五百～六百字。

C.轉

a.目的：論證主張（假說）的提出，論證的陳述。

b.內容：為何你認為其他理論流派論點錯誤，並以你的論點一一駁斥（你的論點就是某個你所贊成的理論流派之觀念）。

c.字數：以一千五百字的規格來說，轉佔五百～六百字。

D.合

a.目的：歸納總結。

b.內容：將事件與論述作簡單扼要說明，重申自己主張的正確性。

c.字數：以一千五百字的規格來說，合佔二百～三百字（若文章倍增擴大，則按比例擴大）。

開始進入寫作之前，先把預先擬好的寫作大綱和架構重點抄寫在考卷上（以鉛筆），分配每個子題與論述要寫的字數。

絕對避免以我認為、我覺得、我想等字眼來撰寫考卷，請以學者專家或學派觀點起頭。

3-2 申論題作答心態

a. 不是要拿一百分，而是要拿到可以進入該研究所的分數。

b. 一般來說，考試科目平均成績及格，沒有意外，通常能夠考上。也就是說，如若專業科目考三科，每科滿分一百分，總分要拿到一百八十分，你可以根據自己各科的程度，任意配分。可以是三科都六十分，也可以是八十、六十、四十，看你各科的準備狀況而定。

c. 根據各科程度分配讀書時間，是正確的研究所考試準備的時間管理方法。

d. 分數累加，是拿分的正確態度。假設三科各需拿六十分，每科考四大題，每題滿分二十五分，代表你每科每題得拿到十五分。

e. 十五分，就是閱卷老師批改考卷的基準點。如若老師讀完答案，認為你答到入學門檻的水準，就會給十五分。超過則分數遞增，反之則遞減。

4. 創造性賞析的寫作心法：書籍、美食與戲劇／電影的介紹、評論、心得感想文

網路寫作崛起之後，人人都能夠在部落格、臉書上發表文章，人人都成了寫作人。稍微瀏覽一下網路上的文章，不難發現，以創造性賞析文章的寫作量最大，無論何種部落格類型，版主多少會分享關於自己閱讀書籍、觀賞電影或戲劇，乃至品嘗美食，產品試用心得等等的文章。

這類文章，說難寫也不難寫，就只要把自己的感想心得寫下來，也就成篇成文了。不過，如果想要寫得好，甚至想從眾多部落客中脫穎而出，成為一方之霸，本章接下來介紹的幾種創造性賞析的寫作心法，可以參酌使用。

以比喻來說，創造性賞析的文章，像是幫一部作品撰寫自傳履歷向尚未使用過的人介紹推薦或分享，要讓人讀了之後，會興起想要找此一作品來自己使用看看的念頭。

創造性賞析的文章格式、內容

格式	關鍵	內容	字數占比
破題	××與我	說一個故事，帶出××（作品或作品探討的主題）與我的關係	10～20％
承題	作品的基本資料介紹	介紹作品的基本構成元素	20～30％
轉題	技法點評	評價作品的呈現手法、技巧，或與其他相關的作品比較	20～30％
合題	心得感想	使用作品後的心得感想、生活聯想，before／after	20～30％

好的創作性解析文章，基本上得要包含作品的基本資料介紹、技法點評以及寫作人個人使用後的心得感想三大部分。

作品的基本資料介紹，目的是讓還沒使用過該產品／服務的讀者，建立基本的認識，對作品／服務能有基本的想像。

技法點評，稍微難一點，需要能指出作品／服務裡面的技巧，客觀的解析，指出好壞，且給予修正的建議。

例如，明明是商業片卻使用了藝術片的長鏡頭拍攝法，觀影人可以指出導演之所以在商業中套用此一技巧的原因，並以作品的呈現結果，評價此一作法的好壞。

技法點評的部分，寫作人最好具備專門的解析文本技巧，例如電影理論、戲劇理論、文學批評理論等等。如果不熟這類分析作品的理論，至少也要能夠拿其他（同主題或同風格的）作品進行比較的能耐。

香港知名作家蔡瀾先生就曾經說過，他其實不是懂得吃，只是吃多了會比較。例如，比較全世界各國的火腿，指出各種火腿的口感、製作方法、價格等，羅列呈現在讀者面前，讓讀者自己評選，也是一種評論技巧。

心得感想，談談自己在使用了某項產品／服務之後，內心的收穫、心境上的變化，乃至對自己生活的影響、世界觀的震盪／改變都可以。

舉例來說，小李吃過了日本壽司之神親製的日本料理之後，覺得自己對握壽司的理解框架全盤被改寫了，對握壽司這種食物有了更深刻的認識……。

一篇四平八穩的評論，作品基本資料簡介、技法點評，和個人心得感想的篇幅占比差不多。不過，如果該文的設定是評論，例如學術專書的書評，則以書中引用的理論、論證過程的檢驗，以及寫作技法的點評為主要寫作重心；是介紹文，則以產品／服務的基本元素之介紹為主（如介紹一本書或電影的基本內容，但要小心別透漏結局）；如是學生的閱讀心得報告之類的文章，則以閱讀作品之後對自己的人生與觀念的啟發為主，篇幅上占比可以調整，哪個多哪個少都沒關係，只是三大基本元素最好不要缺漏。

基本上，創造性賞析文章包含以下四個元素：

A.破題

作品（或作品的主題）與我的關係

寫作重心：什麼原因，讓自己對此一作品產生興趣並且選擇使用。

例如：

母親說很想吃台菜，於是全家人便趁著母親節，一起去了老字號的台菜館欣葉用餐……。

B.承題

作品的基本資料介紹

寫作重心：交代清楚作品本身的基本構成元素。

書籍、電影、戲劇，交代作家／導演基本資料，故事背景或前提預設。

餐廳則簡介所在的地點、裝潢、菜單……。

C.轉題

作品使用的技法點評

寫作重心：評價作品本身的處理方法。

例如：

蔡瀾的文章短小精悍、知識淵博，擅長比較各國美食，用字清簡，直追晚明小品。常常在最後結尾處，來個回馬槍（蔡瀾先生稱之為釘棺材板），幽自己或寫作主題一默，令人印象深刻。

D.合題

個人心得感想

寫作重心：講述觀賞或品嘗完畢作品之後的感想、體驗，特別是對個人生活或觀念的衝擊與影響之深掘探索。關鍵在講述使用前後的before／after的落差。

例如：

小李吃過了日本壽司之神親製的日本料理之後，覺得自己對握壽司的理解框架全盤被改寫了，對握壽司這種食物有了更深刻的認識……，暗自許下心願，下次來日本一定還要來吃。

4-1 書評寫作的秘訣

書評的格式與內容

格式	關鍵	內容	字數占比
破題	作品與我	說一個故事，帶出作品或作品探討的主題與寫作人之間的關係	10～20%
承題	作品的基本資料介紹	介紹作品的基本構成元素，如作者學經歷簡介、作品的故事大綱、主要論點	20～30%
轉題	技法點評	評價作品的表現手法、技巧，與相同主題或作者之相關聯作品比較	20～30%
合題	心得感想	作品讀後心得感想、生活聯想，before／after	20～30%

A. 起

a. 目的：

介紹作品出場

b. 內容：

從日常生活中人們所熟悉的事件或議題的描寫，帶出所要介紹之書籍的主題、核心問題意識。

B. 承

a. 目的：

簡介書籍基本資料

b. 內容：

針對書籍的作者、內容進行簡單扼要的介紹，可挑一段足以做為核心內容的文字敘述做為引文與書寫的圍繞核心。

能稍微談一點和書的誕生有關的八卦，更好。小說介紹的部分，須避開破哏，洩漏書裡面的重要情節或祕密（如推理小說就不要說破犯人是誰，殺人手法等謎底），非小說類則可以談一談書籍的核心論點與論證，幫助讀者快速地掌握全書的精華。

C. 轉

a. 目的：

評論

b. 內容：

針對書籍內容、寫作手法，做出回應與評價，可再細分為正反兩面的評價，先說正面，再說反面，可引入其他作家或作品的論點做為回應，最後以補強的建議做結尾。如果不想批評亦無妨，但切忌浮誇的吹捧或妒恨的情緒批評。

D. 合

a. 目的：

個人感想、日常生活的應用

b. 內容：

全書閱讀完畢之後的心情、收穫或體會的描寫，挑出書中一兩句讓你最有感覺的文字，先引用再以此延伸，對自己在閱讀前後的影響和改變是什麼？

練習

✓ 找一本最近讀過的書，寫一篇具備介紹、評論與心得感想的書評文章

4-2 劇評寫作

格式	關鍵	內容	字數占比
破題	作品與我	說一個故事，帶出作品或作品探討的主題與寫作人之間的關係	10～20%
承題	作品的基本資料介紹	介紹作品的基本構成元素，如作者學經歷簡介、作品的故事大綱、主要論點	20～30%
轉題	技法點評	評價作品的表現手法、技巧，與相同主題或作者之相關聯作品比較	20～30%
合題	心得感想	作品讀後心得感想、生活聯想，before／after	20～30%

A. 起

a. 目的：
介紹作品出場

b. 內容：

從日常生活中人們所熟悉的事件或議題的描寫，帶出所要介紹之作品的主題、核心問題意識。

B. 承

a. 目的：

簡介電影或戲劇基本資料

b. 內容：

針對電影或戲劇的導演、演員、故事內容，簡單扼要的做一番介紹。

可挑一段足以做為核心內容的場景或對白，充當引文，以及本文的寫作軸心，圍繞此一主題展開寫作。

若能稍微談一點和作品的八卦，更好。

電影或戲劇情節介紹，要避免破哏，不可洩漏結局、謎團或重要情節。如偵探片就不要說破犯人是誰，殺人手法等謎底。

C. 轉

a. 目的：

評論

b.內容：

針對作品內容的表現手法，給予評價，例如演員的演技，導演的運鏡，作品的節奏，場景的調度安排，攝影的技巧，燈光、美術、服飾的使用，歷史的考證……等等。

評價可再細分為正反兩面必須兼顧，且要告訴讀者你個人的領會（喜歡與否）。

評價作品時，可引入其他創作來比較，或使用文藝理論的觀點點評，最後以補強的建議做結尾。

如果不想批評亦無妨，但切忌沒有事實根據的浮誇的吹捧或妒恨的情緒批評。

D.合

a.目的：個人感想、日常生活的應用

b.內容：

作品觀賞完畢之後的心情、收穫或體會的描寫，挑出作品中一兩段讓你最有感覺的場景或對白，先引用再以此延伸，對自己在觀賞作品前後的影響和改變是什麼？

練習

✓ 挑一部電影看，寫一篇具備介紹、評論與心得感想的電影評介文章

4-3 食評寫作的秘訣

格式	關鍵	內容	字數占比
破題	××與我	說一個故事，帶出某某餐廳或食物與我的關係	10～20%
承題	基本資料介紹	介紹餐廳的環境、地點、裝潢，餐點選項與當天選用餐點	20～30%
轉題	技法點評	評價當天選用餐點的呈現手法、技巧，喜歡與否，或與其他相關的餐廳或餐點比較	20～30%
合題	心得感想	享用餐點後的心得感想、生活聯想，before／after	20～30%

A. 起

a. 目的：

介紹食物或餐廳出場

b. 內容：

從日常生活的一景，帶出所要介紹之食物或餐廳。

B. 承

a. 目的：

簡介餐廳或食物的基本資料

b. 內容：

針對餐廳或食物的地點空間、裝潢、餐點、價位、服務做基本的介紹。若能稍微談一點這家餐廳或餐點和歷史源流或八卦，更好。

C. 轉

a. 目的：

評論食物的烹飪技巧之好壞

b. 內容：

針對餐點內容的烹煮、擺盤手法和成果，給予評價。

例如，雖然京都南禪寺的湯豆腐聞名天下，整體擺盤也非常高雅，用餐環境也很舒適，但說真的，我真的吃不出什麼纖細的美味，不是不好吃，只是品嚐起來的感覺，就是吃比較高級的豆腐，但一套餐點的價格卻要三四千塊日幣，對我來說CP值實在太低，嘗鮮可以，但我個人無福消受，應該不會再來第二次。

評價可再細分為正反兩面必須兼顧，且要告訴讀者你個人的領會（喜歡與否）。

評價時，可引入其他餐廳的相同菜色進行比較，最後以補強的建議做結尾。如果不想批評亦無妨，但切忌沒有事實根據的浮誇的吹捧或妒恨的情緒批評。

D.合

a.目的：

個人感想、日常生活的應用

b.內容：

餐點使用完畢之後的心情、收穫或體會的描寫，甚至以此延伸，談一談對自己在用餐前後的影響和改變？

練習

✓選一家最近吃過還不錯的餐廳，寫一篇具備介紹、評論與心得感想的飲食評論文章

章末Memo：

持續寫作、大量書寫，讓你透過實戰練習，熟習字詞、觀念、文法、修辭、邏輯之於寫作的各種技巧，越用越活，越活越會用，形成良性循環，累積出屬於自己的寫作力。

一、寫作之前

1. 知道自己為何而寫？

人之所以寫作，不是因為文筆好或學養高，而是有話想對這個世界說，非說不可，不吐不快，所以提筆為文。

好比說我家老婆大人，文筆比我好很多，對很多事情的看法也擲地有聲，但是他覺得自己絲毫沒有想對世界說話的念頭，所以並不會特別想寫作。

當然，有時候人們寫是因為不得不寫，而不是有話想說。例如：為了工作或求學而寫的報告。

總之，每一次提筆為文，寫作人都應該先想清楚，自己是為何而寫？這會有助於將文章定調，對於文章的開展方向和寫作手法的影響很深。

2. 決定寫什麼？

我們生活在使用大量文字，推動社會運轉的時代。每天起床打開電腦連線上網，映入眼簾的，是無論如何也看不完的文章。這些文章都是某個人在某個時候寫下來的，大體上來說，可以分為三大類：

a. 商業行銷
b. 教育學習
c. 休閒娛樂

成為寫作人，當然可以無所不寫，但也可以先想清楚，自己想寫什麼？擅長寫什麼？可以寫什麼？

確定自己的寫作方向和切入點，才知道自己在世界上的立足位置與扮演的角色。才知道該往哪些領域和園地耕耘作品的發表，也能避免無謂的比較或妒恨情緒的產生。

以我自己為例，由於個人興趣志業與才能的緣故，選擇評論寫作為主要筆耕園地，文學小說非我所長，引人發笑的娛樂文章更是寫不出來。因此，我把文章寫作的重點設定在提供新知或必要訊息，也就是教育學習。

如果還不知道自己可以寫什麼，以下四個發想方向提供您參考：

2-1 個人生活↓從你的日常生活周遭發生的故事寫起

2-2 工作專業↓深入你的專業，記錄你擅長的專門領域的事件與評論

2-3 興趣休閒↓旁及其他，你感興趣的人事物

2-4 社會議題↓針對社會正在關切，與沒在關切的人事物發表意見

也就是說，有以下十二種類型的文章可以嘗試：

	商業行銷	教育學習	休閒娛樂
個人生活			
工作專業			
興趣休閒			
社會議題			

你可以橫跨十二類也可以專攻一類，也可以適度地跨類型，但務必從個人能力、興趣以及市場需求三大方向切入，想清楚自己可以深耕的寫作類型，避免徒勞無功，折損寫作意願進而放棄寫作。

3. 收集資料的方法

寫作需要素材，素材從生活而來。寫作所需用的內容，得靠寫作人平日自己積累。一般來說，寫作人從以下方法蒐集素材：

3-1 閱讀力就是寫作力，為什麼每一個作家都在強調大量閱讀的重要性？

讀內容，也學寫作技巧

想當個寫作人，讀書不能只讀取書籍文章中的知識，還必須揣摩、學習，掌握作者書寫文章的技巧，每一篇文章，每一本書都有其主題，問題意識，架構，論點與論證。找出作者想要談的主題，以及他是用甚麼內容來談，就能掌握一本書的關鍵內容。

讀書時，不時自問：

「這本書究竟要講什麼？」

「作者為什麼這樣寫？」

「我是否確實掌握住了作者想說的重點？」

「作者有沒有什麼應該說，卻沒說的部分？」

「有沒有什麼是我知道而作者顯然不知道的？」

「是否可能有其他寫法？」

「作者以什麼資料和寫作方法來證明其論點？論點與論點的攻防如何呈現？文章的起承轉合是否暗含了我們所不知道的技巧？」

「如果要對作者的文章進行補充或駁斥，我可以拿出什麼主張與論證？」

除此之外，閱讀與寫作是一體兩面的事情，多閱讀，除了能夠抓取重點為我們的文章所用，也能揣摩作者的寫作技巧，對於有志於寫作的朋友來說，是相當重要的一門功夫。

抓重點，不一定要細讀

為了寫作而閱讀有一點和一般閱讀不同，並不一定要仔細地讀完文章，根據閱讀／學習理論，快速瀏覽掌握關鍵字，就能抓到一篇文章的重要概念，快速地翻閱瀏覽，找出寫作所需的素材，是寫作人必須具備的資料查找能力。

讀什麼書，才能增進寫作力？

寫作人應該無所不讀。

別以為自己寫哲學書，就不應該讀旅遊書，每一種書裡都有其知識和寫作技巧，每一種書裡都可能藏有寫作人未來寫作所需的資料片段，唯有博雜而廣泛的閱讀，才可能觸類旁通，累積足夠用於寫作的材料。

最好的閱讀是有系統的讀，分門別類地讀各種不同出版類型的書。深一層來看，寫作人的閱讀範圍不只是書籍或文字，電視、電影、廣告，乃至這個大千世界的自然美景（行萬里路勝過讀萬卷書）或身邊的人們，都是等著你去深入閱讀的對象，好的寫作人永遠會抱持好奇心（問題意識），去閱讀身邊所有可以接觸到的資訊，不會排斥接收任何新資訊，即便看起來荒誕不經。

寫作力來自閱讀力

讀書之於寫作，好像挖地基之於蓋房子，地基挖得越深（書讀得越多越通透），房子可以蓋得越高（文章可以寫得越好）。

寫作其實是閱讀比賽，比誰的閱讀量大，且能夠融會貫通書上所學到的知識。

別看不起暢銷書

千萬不要看不起暢銷書！

暢銷書作家十分擅長說服讀者，讀暢銷書時不妨多揣摩作者鋪陳文章的用心，偷學對方的寫作技巧。

養成閱讀習慣

最好養成逛書店與圖書館的習慣，定期上書店或圖書館走走，看到有趣的書拿起來翻一翻，或每次帶一兩本書回家讀！

規劃日常閱讀進度，手邊同時有三五種不同主題的書在讀，等公車等人的時候可以讀點簡單的短文，早上起床或晚上睡覺時可以給自己安排半小時左右的閱讀時間，長期持續大量駁雜閱讀，擴充腦中的知識庫，活化腦中的知識連結路徑，會成為寫作人從事寫作時源源不絕的靈感來源！

3-2 筆記

筆記是寫作人最重要的資料庫。願意花時間整理筆記的人，擁有挖掘不完，他人難以偷走的寶藏。

筆記之於寫作的重要性，在於訓練「化繁為簡」、「提綱挈領」、「抓重點」的能力。針對同一主題的資訊，有系統地摘要、整理筆記，可以迅速而全面的掌握該領域的重點訊息，再由此建構出一套自己的思考與歸類資訊的架構。

筆記能夠博採各家之長，能不斷增補與刪修，以輕省的方式維持大量資料，容易查閱，不容易忘記，是寫作人的重要資料庫索引。

筆記的種類

一般來說，筆記大概可以分為三類：

a. 隨手筆記：

隨身攜帶的小冊子，碰到任何有趣或新奇的事物就拿出來記下的本子。現在也有很多人使用智慧型手機充當筆記本，兩者都好，端視使用者方便。重點是碰上值得紀錄的事情時，要馬上拿出筆記記錄下來，要養成習慣。

b. 閱讀筆記：

紀錄閱讀書報雜誌電影電視時的心得感想評論體會，乃至所閱讀文本中的精采對話、情節橋段、趣聞掌故、統計數據，或者名言佳句……。

c. 主題筆記：

選一本筆記，自訂一個主題（例如暢銷作家的日常生活作息），將所有相關資料全都整理在此一筆記本中，是為主題筆記，有助於歸納整理浩瀚世界的龐雜資料，為己工作、讀書或寫作所用！

實際上執行筆記寫作的方式百百種，舉凡五行日記、九宮格、心智圖、樹狀圖、行事曆、記帳本、資料庫……，都是筆記，總之就是一套能夠系統性的將龐大的資料去蕪存菁的方法，都可以。

無所不記，甚麼都可以寫入筆記

什麼資料可以被記錄到筆記中？

基本上什麼資料都可以，從個人的日常生活事件紀錄、心情雜感、旅遊記錄、工作紀錄，到讀書心得記錄、名言佳句、自我體重管理紀錄、社會新聞與國家大事……，對你來說有意義或感興趣的訊息，全都值得記錄下來。

記得，將隨手記下的筆記，再分門別類謄錄或存檔歸類到各自的主題欄目底下，方便日後查詢。

筆記之於寫作：引經據典、提供論點所需之論證

寫作人所有的寫作材料，都來自平日的筆記寫作。筆記整理得越勤勞且縝密的寫作人，書寫文章時可供查證與引用的資料越豐富。勤作筆記的寫作人，日後寫作就有了豐富的資料做為後盾。

寫作練習

✓準備一本隨身筆記，碰到有趣的事情就寫（或拍或畫）下來，至少堅持一個月！

3-3 閒聊／訪談

無論任何故事，一開始都是閒聊啊！昨天誰做了什麼？上個月對面人家出了什麼事？不，去年是這種情形——會像這樣談論對吧？

——中禪寺夏彥

創作必然有現實存在其中，故事是從看似隨意的閒談巷議中，將覺得有意思或可能藏有意思的部分歸納整理或加油添醋，並排除其他沒有意義的訊息的一種敘事技巧。

寫作人應該要多多跟人聊天，從聊天中提取出社會大眾關切的事件以及背後的焦慮。社會上越是反覆不斷出現的閒聊主題，越適合寫成文章。

我自己的文章，就經常受惠於和朋友聚會時，看似隨意八卦閒聊天。總是能從中獲得一些有趣的論點或故事，是非常重要的取材方式。

寫作人與他人的閒聊，某種程度就像記者的人物採訪一樣，都是從他人身上挖取值得寫入文章中的資料（故事、觀念）。

寫作練習

✔回憶上一次跟同學聚餐時，席間所發生的光景，將聊天的重點摘錄下來。

3-4 觀察世界

除了自己親身和人聊天之外，偷聽別人講話也是重要的取材方式之一。捷運上咖啡店或者餐廳裡，永遠有許多精采的故事和對話正在發生，端視寫作人能否辨認並記錄下來，納入自己的文章裡使用。

另外，上街去散步吧！去你居住的地方最熱鬧的商圈，張大眼睛仔細看商圈上的人事物，將覺得有趣或有意義的部分記錄下來。

寫作練習

✓ 找家咖啡店，點杯咖啡，坐下來之後，專心偷聽隔壁桌的對話，將對話完整記錄下來，側寫出對話人的基本資料。

3-5 玄思冥想／胡思亂想

天馬行空的胡思亂想、作白日夢，對寫作人來說，也是很重要的內容取材方式之一。自由聯想並沒有那麼無邊無際，還是依循著某種思考脈絡，只是絕大多數人都只在腦中發想過後就忘記。如果持之以恆的紀錄腦中的胡思亂想、玄思冥想，是可以抓出某種內在規律，甚至看見自己真正的關懷與焦慮所在。這對寫作人來說非常重要。

更別說有很多的創作本身，就是奠定在天馬行空的胡思亂想之上。

寫作練習

1. 記錄夢境，不要試圖以文法或邏輯串聯字句成為文章來記錄夢境，單單就是將夢境中出現的各種訊息記錄下來，繪圖亦可。
2. 自由聯想練習，給自己一個關鍵字（例如：我很開心……），繞著關鍵字展開自由聯想，紀錄聯想過程與結果。

二、寫作的步驟

關於寫作的實際執行，最常見的一個迷思，就是打開Word檔之後，盯著螢幕，發想題目，然後從第一段第一行第一個字開始寫起……。

不是這樣的！

寫過學校的寒暑假讀書心得報告嗎？得先讀完書，抓出書中的重點，整理之後，加入個人感想，才能開始寫。大學的畢業專題報告、研究所的碩士論文，工作的會議紀錄或企劃提案，都不是拿到題目之後就開始動筆寫，至少還得經過找資料、閱讀、消化整理、寫筆記、打草稿的階段，最後才開始寫。

組織文章稿件，是實際執行寫作的最後一步。執筆寫作之前，還有一堆功課要先完成。

我從許多作家和我自己的日常寫作經驗，整理了一個執行寫作的步驟：

1. 確定主題
2. 發想問題
3. 建立假設／條列論點
4. 選擇論點
5. 擬定論證
6. 查核資料
7. 編排順序
8. 組織文稿
9. 修改稿件
10. 投遞交稿

本節先介紹1～8的實際執行寫作的部分。

1. 確定主題

前面提到過，寫作人的每一篇稿件撰寫，都要先確定自己為何而寫？

是為了工作、考試還是個人興趣？

這篇文章的主題、題旨，又是什麼？

文章的主題不是標題喔，雖然標題也能反映文章的主題。在第一階段的確定主題，比較像是確認文章要探討的現象或事件的範圍。

舉個例子，當我在報上讀到一系列「少子化衝擊高等教育」的報導之後，決定在我的時事評論專欄裡寫一篇探討「少子化衝擊高等教育」的文章，「少子化衝擊高等教育」就是我的寫作主題。

寫作第一件事情，得先決定自己要寫的這篇文章的主題。

當然有很多時候，文章主題不是寫作人自己決定的。例如，國家考試的題目，是由主考官決定的。但是，答題的考生，得決定讀了這則試題之後，要以什麼麼主題來撰寫答案，這個是寫作人自己要決定的。

某種程度可以把考卷題目想像成新聞報導，當你看了一系列關於某個主題的新聞事件報導（試卷題目就是一種整理或引導）之後，能否從這些報導中歸納出某個更深層的議題，這個議題就是你的答題方向。

練習

✓試著比對四大報本日頭版，或本日四大報都有報導的新聞事件，以這些事件做為資料來源，擬定三個可以寫作的文章主題。

2. 發想問題

寫作的第二個步驟「發想問題」其實是緊密扣連著第一步驟的「確定主題」，差別在於，一個主題之下可以發想出很多個值得撰寫的問題。

除了撰寫超過五千字的大型文章，否則我會建議，一篇文章裡只討論與主題相關的其中一個問題，其他的捨棄不談。一篇文章，處理一個問題，這是寫作的關鍵訣竅。有時候寫作人常會不自覺地希望在一篇文章中討論所有問題，結果反而讓文章失去焦點與力道。

好比說，我們剛才提到，在新聞報導看到「少子化衝擊高等教育」這個主題，這個主題可以延伸出很多值得深入探討的問題，像是教師失業問題，廢棄校地處理問題，私校退場問題，高學費問題等等……。

寫作的第二步就是要決定，我們要寫哪一個問題？以及為什麼要寫這個問題而不探討其他問題？

3. 建立假設／條列論點

確認主題，選擇好要討論的問題，第三步是建立假設、條列論點。

文章的論點，通常是作者從題目與問題中領域的某個解決問題或解釋成因的觀點。這個觀點需要被一群資料證據支持才能成立。這個觀點還沒被證明為真時，只能被稱之為「假設」。

寫文章要先以「假設」提出一批論點。這些論點，都是為了解決問題，或反駁其他論點而誕生。

但是，一個問題可能有很多的解法，因此會出現一個以上的假設或論點。此時必須全部寫下來。

第三步驟，就是把解決問題的論點／假設全部寫下來。

舉例來說，我想寫的「少子化衝擊高等教育」主題，挑選了「私校退場問題」來處理。針對「私校退場問題」的解法很多，像是：

輔導私校轉型為成人教育訓練中心

放任市場競爭機制讓私校自然淘汰

輔導私校縮班減校，調整科系

開放擴大私校招募外籍學生來台就讀

讓公立大學退場或縮班減校

4. 選擇論點

確認主題，選擇好要討論的問題，羅列出可以切入討論問題的論點之後，第四步就是選擇想要放入文章中的論點。

例如，關於「少子化衝擊高等教育」主題，挑選了「私校退場問題」來處理。針對「私校該如何退場？」可以將各方面的衝擊降到最低，我選擇的主要論點（解決方法）是「輔導無意退場私校，轉型為成人教育訓練中心。」

放棄其他論點。

5. 擬定論證

「輔導無意退場私校，轉型為成人教育訓練中心」就是我這篇文章的核心論點。仍需要舉出論證來支持這個論點的可行。

此時就必須針對這個論點，提出一連串具體可執行的計畫方案之建議，作為佐證論點成立的論據。

必須特別留意的一點，還要事先發想反對立場者可能用來質疑我們的論點與論證之論點與論證，也準備資料先行於文章中予以反駁。

這篇文章中所要反駁的論點，就是「大學必須退場」，而我用來反駁此一論點的論點，就是「輔導無意退場私校，轉型為成人教育訓練中心」，而我用以論證論點得以成立的論據如下：

a. 考量到台灣未來社會發展型態，以及推動企業升級轉型之趨勢，成人教育訓練中心有其需求。

b. 私校轉型為成人教育訓練中心，可以利用現有學校土地、設備與師資，無須另外再投資，只是課程與授課對象調整。

c. 流浪教師問題也可一併解決。

d. 制定私校轉型發展的獎勵法案。

e. 給予私校轉型發展的優惠獎勵條件。

f. 政府編列預算協助宣傳。

6. 查核資料

確定論點與論據之後，再翻查文獻或上網找尋更精確而足以佐證論據成立的統計數據或專業研究報告。

練習

✓ 上網查找台灣的少子化高齡化人口結構發展報告，寫成一篇介紹台灣未來人口結構之文章。

7. 編排順序

主題、問題、論點、論證等資料全都齊備之後，接下來就是要決定這些資料所要安排出現在文章的位置。

第5項修練的部分我們已經介紹過了，論說文的寫作公式，破題介紹主題與問題出場，主體的部分介紹非我方與我方的論點和論證，並以我方的論點與論證駁倒非我方的論點和論證，最後得出結論。

破題

少子化衝擊高等教育

主體一

大學應該盡快退場

主體二

輔導無意退場的私立大學，轉型為成人教育訓練中心

結論

8. 組織文稿

最後，終於我們要坐下來將事件、問題、假設／論點與論據組織成文章。

範例：

輔導退場私校轉型老人教育與安養

文／王乾任

教育部指出，一○一年共有二十九所私立學校被列為輔導退場觀察名單。隨著少子化趨勢的日益明朗，在人口增長時代大量成立的各級學校勢必面臨退場問題（未來恐怕連公立學校都得大規模縮班減系）。至於私校退場，個人淺見，不妨參考鄰近日本的做法，輔導這些學校轉進成人教育或老人安養事業。

伴隨著少子化而來的是高齡化，年輕人越來越少，老年人卻是越來越多。台灣目前因為長照法仍未完成，且各種老人安養設施都還嚴重不足，招收不到學生的學校，其場地與設備最適合用來改建為老人安養社區或者成人教育事業。

其實，未來健康富裕的老人只會越來越多，這些退休的戰後嬰兒潮擁有史上最多的財富，有錢有閒的老人需要休閒娛樂也渴望自我進修再學習（歐美近年來大學出現退休人士攻讀碩博士的風潮），何不乾脆針對老年人的各種學習與生活需求來改造既有的各級學校，輔導轉型之餘，也可以創造新的就業機會。

如果只是讓學校賣掉校地，如果校地只是賣給財團，財團又去蓋樓炒房，只是肥了少數人而苦了多數人，不如乾脆輔導退場學校轉進老人照護與教育工作，對社會來得有幫助，且這些私校原本所屬的單位也可以繼續營利，是社會、老年人與私校三贏，何樂而不為？

三、提升寫作力的二十個秘訣

1. 有個專屬的寫作空間

良好的寫作環境，專屬的寫作空間，書房或是書桌，可以提升寫作效率。

2. 固定的寫作時間

根據個人生活作息，替自己安排固定的寫作時間。最好每天至少能有半小時時間用於寫作。

3. 寫作前的儀式行為

開始寫作之前，不妨有個簡單的儀式行為，像是泡茶、點香精、上廁所……，透過儀式行為對自己宣告，「接下來我要開始寫作了」，透過儀式行為，將日常空間轉化為寫作空間，隔絕外界的干擾，開始專心寫作。

4. 我手寫我口

先不管文章修辭技巧，把心中所想到的想法全都記錄下來就對了。

5. 想像一個明確具體的讀者

每一次寫文章時，都想像一個「明確具體」的讀者。或許是你的母親，或許是某個大學同學。這個人就是你文章想對話的族群之代表。透過讀者對象的想像，可以讓文章的言詞用語與觀念更精準對焦於想對話的讀者群體。

6. 善用切割法

一篇三千字上下的文章，可以切割成五百字、一千字、一千字、五百字，四個段落，如果沒有時間一口氣完成，可以切割成四個較小的段落，一段一段分批完成。

寫書也是一樣的，不妨把一本十萬字的書想像成一百篇一千字的稿件，一次撰寫一篇，反覆操作一百次，就能完成十萬字的大長篇。

7. 挑選文眼／關鍵字

在文章主題設想之始，就先決定好通篇貫穿的文眼／關鍵字，以此做為收縮聚焦文章的核心。

8. 個人經驗＋理論通則

一篇好的文章，必定同時存在個人才有的特殊經驗，還有可以說明事件／現象的理論通則。理論通則用來主證文章的論點，個人經驗則是用來佐證論點，並且吸引讀者來讀。一篇文章光有理論卻沒有個人經驗故事，容易淪為教科書式的說教，只有個人經驗卻沒有理論通則的解釋，容易淪為個人偏見的展現，不具解釋力的文章。

9. 站在別人的肩膀上

寫作一定要參考別人的作品，與其他論點對話。其他人的觀點與文章就是我們可以更上一層樓的墊腳石。

10. 把握逆轉勝原則

文章的運行鋪排，必須把握「逆轉勝」原則。一個再令人灰心喪志的主題，到後半場都要想辦法帶出解決問題的希望與光明面。

探討環境議題類的作品，就常常在前半部介紹完人類破壞環境生態之嚴峻與成因之後，在後半部導入改變世界的方案。

一定要把握逆轉勝原則來寫作，人們不希望到了文章結尾還是死氣沉沉，而是希望被鼓勵，而且能看到實際解決方案。

11. 文章內在一致性

文章通篇的論點與論證要首尾一貫，不要中途變換立場，寫到最後原本贊成的事情變成反對。

12. 善用辯證法

辯證法也是一種文章鋪陳的常用格式。一個眾說紛紜的問題，在文章的過程中把正反各方立場與觀點全都介紹出來，最後再由你提出一個總和各家論點之長的新觀點，形成一個更高層次的新意見。

13. 一言以蔽之

文章寫完之後，能夠以一句話濃縮囊括其精華梗概。

14. 一圖以蔽之

一篇文章的重點，能夠以一張圖表清楚呈現各種觀點立場與論證。

15. 文詞簡單不等於膚淺

文章中使用的文詞簡單易懂，不代表文章膚淺。

通常只有沒能搞懂問題的人，才會以大量的艱澀冷僻字詞或概念，或以掉書袋的方式掩蓋。真正搞懂問題的人，往往能用生活化的語言解釋說明清楚。

16. 轉換觀點的能力

一篇好的文章要有層次有深度，不能只是停留在個人層次上，還必須處理集體層次，而且要能讓讀者在文章中來回看見一個問題在個人層次與集體層次上所展現的樣貌以及各自的解決辦法。

例如，「年輕人到底該不該只領22Ｋ」這個議題，就有個人層次和集體層次的解答，好的文章不能只側重某一面而忽視另外一面。

17. 掌握文字的律動

節奏感是影響文章修辭好壞的一大成因，請試著捕捉自己文章的律動節奏，了解自己是以怎樣的文詞使用頻率呈現文章，對文章寫作很有幫助。唸看看自己寫的稿子，如果不會覺得卡卡或怪怪的，那基本就及格了。

18. 借力使力

寫作最重要的是讓文章流通普及，借力使力是蠻好的一種方法。特別是還不能開展出能讓人一眼就辨認出的文體風格之前，借用「流行語、廣告或格言佳句」來串場，是提升文章能見度的好方法。

19. 用心寫，用腦改

寫初稿的時候可以放膽盡量寫，但在潤校修改的時候，就要好好使用大腦，理性的推敲論證，檢視修辭文法規則是否正確。

20. 搶快有時候是最重要的事情

比社會上的任何人都還要快針對某個主題發表文章，有時候可以收到驚人的果效。練習第一時間就提出文章，回應社會正要開始流行的議題。

四、寫完之後還有四件事情

1. 先放一下

好啦，好不容易，初稿終於完成了，接下來要做什麼？改稿嗎？

且慢！

如果時間上不急著交出去，先把稿子收在抽屜裡，先封存起來，不要碰！短則放過夜，長則放個兩週，再拿出來讀。

2. 讀出聲音來

重讀的時候，試著放聲唸出自己寫的稿子，自己感受一下，行文與音律的節奏，是否順暢，有沒有哪裡卡卡的、怪怪的？

如果有，那些就是需要調整修改的地方！

為什麼要唸唸看？

現代人雖然都是在心裡默讀不出聲了，可文字是有音律的，每一個字一個音節，文字與文字在排列組合時，就會出現音律變化，古典詩詞講究的平仄、韻腳，就是試圖以和諧的音律形塑優美的文詞，形成美文！

所以，誦讀是檢驗文字修辭的好方法！

3. 給不給人試讀？

寫好的稿件，有些人認為應該找個朋友幫自己讀過一遍，有些人反對。

贊成者的理由是，可以從第一讀者那裡得到正向回饋；反對者所持的理由則是，不該如此麻煩別人，且別人未必有能力點出文章中的問題。

個人淺見，找不找第一讀者都可以，如果很幸運的有這樣一位願意花自己的時間，幫你讀文章，還能給你中肯建議，而且你也聽得進去，建議也有用，那就請對方幫忙讀並且提供建議。

如果沒有，就算了，自己來也是可以完成修潤稿件的工作。

4. 接著修稿

修稿，要做兩件事情。

一是檢查看看字句是否能夠替換更好的修辭，二是檢查論證與論點之間的邏輯推論是否合理無謬誤？是否嚴謹、沒有漏洞。

字詞是否精確表達了寫作者想傳達的意思？如果沒有，是否有更精準表達意思的字詞，可以替換？句子能否更精煉、簡潔？試著刪除不必要的贅字，以其他文法技巧，改寫同一個句子，找出最精簡而又能夠充分表達意思的句子。

總而言之，一個原則，就是精簡、無贅字。

段落與文章的檢驗重點，在於推敲字句之間的邏輯推論是否正確？論證論點的論據是否於理有據，抑或只是個人價值信念的判斷？用以支持論點的論證是否需要更換或補充新資料？有推論上的邏輯謬誤？文章的論點與論據有無邏輯一致性？

再檢驗看看，文具段落的鋪排有無按照文章的規則法度？

試著以逆向思考、雞蛋裡挑骨頭，故意唱反調，站在反面立論的角度，審視文章裡的論點與論證，可以避免曲意護短、自我合理化邏輯謬誤或行文間的「論點——論據」不夠緊密扎實的問題。

如果都通過檢查，就是一篇合格的文章。

記住一件事情，盡可能在約定的時間之前完成初稿，給自己留下修潤的時間！

練習

- 找出四大報今天的社論，檢查社論裡的文字修辭、邏輯、論點與論證，重新改寫！
- 拿出自己過去寫完但覺得不夠好的任何一篇文章，以本節的方法修改潤校之！

五、寫作的禁忌~抄襲萬萬不可

談到寫作，一定要處理抄襲問題。

不是聽人家說，天下文章一大抄，為什麼又說抄襲萬萬不可？

不可抄襲的意思是，不可以沒有說明文字出處，就逐字逐句照抄別人已經寫出來，並且發表的文章。抄襲會觸犯著作權法，吃上官司的話，罰則可不輕。

天下文章一大抄的意思是，寫作人寫進文章裡的觀念想法，絕大多數以前的寫作人都談過了，一篇文章如果能夠有一點創新就已經很了不起，其他的觀念想法大多是從其他文章裡抄來的。

只要抄襲的是觀念而非字句，而且有清楚說明出處（誰在哪本書或哪篇文章裡講的），適度文長的逐字抄襲叫做引用，太長的話，則需要以自己的語言重新改寫過。

不過，學術寫作或文學獎競賽的話，對於抄襲的認定比較嚴格，每一個不是自己獨創觀念的借用都必須詳細說明出處，讓讀者／評審需要查證時，可以找得到出處對照、檢驗！

簡單來說，就是不能把不是自己的東西據為己有。所有放到掛上我們的名字的文章裡的文字觀念，都要能讓讀者清楚了解是誰講的，可以在哪裡找得到資料來驗證真偽！

真的找不到出處或忘記了，但又很想引用時，則務必一定要以自己的語言改寫過，並且在文章中告訴讀者，「我忘了不知道在哪裡讀過這樣一句話／一個想法……」。

六、實戰是最好的練習

說真的，寫作的秘訣無他，就是養成習慣，持之以恆地不斷寫下去！

養成習慣也不難，根據習慣學的研究，一個人只要在一個月內，每天都做同一件事情，就能養成習慣了！

《創作者的日常生活》一書中紀錄了古今中外的知名／暢銷創作人的日常創作作息，除了極少數的例外，絕大多數成功的創作者都有一個很好的習慣：每天一定撥出一段時間用在創作上，至於是什麼時間又如何應用則各有巧妙不同，總之，成功的創作人一定都是長期堅持每日撥出一定時間用於創作的人。

不過，要讓習慣繼續堅持下去，要養成習慣，需要一些方法、鼓勵和目標來推動。

對於沒有養成寫作習慣的寫作人來說，進入寫作的心境很困難，許多人之所以學了很多新知識或學問卻沒能落實到最後，都是在實踐面上放棄的緣故。

養成習慣的方法也不難，就是把寫作當成日常生活中的一個固定行程，每天安排一段時間寫作，這段時間就是用來寫作，不做其他事情。就算沒有東西想寫，也坐在書桌前，或者拿書出來抄寫。有朋友約你出去玩，碰到你的寫作時間，只能拒絕！

另外，試試看行為心理學的方法，根據巴普洛夫的狗的實驗得到的法則，人是獲得刺激後會得出反應的動物。

寫作人不妨在每天準備開始寫作前，先安排一個簡單好執行且自己喜歡做的儀式行為（泡杯咖啡、禱告……都可以），執行完儀式性行為之後，就到書桌前坐下來寫作。把儀式行為與寫作建立成刺激與反應關係，讓人完成儀式行為後馬上開始寫作。

人類學認為，儀式行為可以讓人從一般日常生活空間跨進神聖空間，寫作人不妨利用儀式行為協助自己進入寫作的心境，誘使寫作這個行為發生。

至於目標，我個人認為，投稿報刊雜誌，出書計畫，或者參加徵文活動比賽，都是不錯的方法。「獎金獵人」（https://bhuntr.com/tw/contests/new/writing#!grid）網站上固定收集各種徵文與文學獎比賽的資訊，寫作人可以把自己有興趣的比賽寫作主題，安排進自己的寫作日程當中，給自己設定目標，以此推動自己寫作的意願。

挫折的經驗是必要的，沒有人生下來就是天才作家，即便是天才作家，也還是會被退稿的。被退了稿不要記恨，更千萬不要被退稿，就跑去威脅退你稿的出版社或媒體！

被退稿是很正常的，《退稿集》裡蒐集了一堆世界級暢銷作家當初投稿第一本書被退稿的經驗，幾乎可以說，被退稿的越多，越挫越勇而不放棄的人，將來在寫作上的成就更大！

七、模仿你認同的作家

模仿並不可恥，傑出的創作都是始於模仿，在充分熟練所模仿的事物之後，以此為基礎，向上開創新局。

創新不是天馬行空的胡思亂想，創新是奠基在熟爛窮通既有的事物之原理原則後，以此為基礎，開創新局。所有的創新都是在前人的基礎上加以改良完成的，瓦特的蒸汽機如是，Sony的隨身聽如是，所有的創新都是！

如果還不熟練寫作，又覺得自己的文采不好，那就模仿吧！找個你最認同或喜歡的作家的作品來，澈底的研究與模仿。

喔！別搞錯了！模仿只是一種學習，不是要你拿著模仿成果去投稿，而是透過模仿學習寫作這門技藝中的技巧！

另外，可供寫作人參考模仿的不只是作家的作品，更是他們面對寫作的態度，以及實際執行寫作的方法。

以我自己為例，當初準備賣字維生時，我從香港專欄作家與史蒂芬金等人身上學習到了每天固定時間寫作，每天都應該要寫稿，每天都應該有稿件見報，長期而持續的筆耕，白天寫稿等工作習慣（就是一直沒有學會村上春樹的每天運動，以運動支撐寫作的好習慣，這點我很慚愧），覺得很有道理，便開始模仿，逐步建立起自己的寫作作息！

不花時間坐在電腦書桌前寫，就什麼都不可能發生！每個決心走寫作路的寫作人，都應該根據自己的生活狀況，替自己安排固定的寫作時間，最好每天都有固定用於寫作的時間，這是成就一切寫作事業的根本！

練習

- 想想自己最喜歡的作家是誰？為什麼？設法找出介紹這個作家其寫作經歷的作品或文章來讀，如果手邊沒有也找不到，Mason Curry的部落格（http://masoncurrey.com/）上有很多作家的創作日記，可以上去找找看！
- 替自己喜歡的作家寫一篇介紹文吧？包含生平大事、小掌故、作品、文風，以及你為什麼喜歡他？

八、地才，往往比天才成就更大

來到最後一章的最後一節，或許讀友們心裡仍然隱隱覺得，「寫作應該沒你講的那麼簡單吧？」還是應該靠天分的吧？有些人天生就擁有寫作才能吧？

說到天才論，這幾年的科學研究已經有了重大的突破，科學家發現，人類歷史上所謂的天才，有極大一部分的人只是比較早開始學習，有系統的刻苦練習，因此得以在年輕的時候就擁有一般常人所不具備的特殊專業能力。

馬修施雅德的《一萬小時的神奇威力》一書，揭開了這個祕密。原來莫札特、老虎伍茲這些我們以為不世出的天才，都是從小就刻苦練習，比其他人更早完成一萬小時的訓練課程，更早跨入達人領域，而且在跨入達人領域後還持續不斷堅持練習，終於達到了常人難以企及的非凡成就。

如果你問我，持續不斷的練習對寫作有沒有幫助？我的答案是Yes，絕對有幫助！

想成為寫作達人，或想走寫作這條路的朋友，「一萬小時」的系統化訓練是必要的功課。寫上一萬個小時，或者連同閱讀、寫筆記的時間全都算進來，花上一萬個小時做和提升寫作能力有關的事情，你一定能練出超越常人的寫作技巧！

或許你會說，可是我並不想成為寫作達人，我只想學會寫作技巧，改善寫作能力而已。沒關係，我推薦喬許・考夫曼提出的「黃金二十小時學習方法」。

給自己二十個小時的時間，把二十小時，切割成二十份或四十份，按照本書的章節順序與寫作執行步驟，練習寫作技巧的每一個環節，試著寫出二十篇文章。讓自己熟練這套寫作技巧，將來有需要時，複習一下所學的技巧，很快就能上手。

寫作比的不是修辭文藻的雅俗，不是論點的深淺，不是文章的長短，而是比堅持花在寫作這件事情的時間。

寫作的秘訣無他，持之以恆的不斷寫下去！

持續撰寫本身就是一種值得肯定的創造力，持續撰寫是專注力的培養，持續撰寫才能挖掘出內心最深處，連你自己都不知道的那口井裡的湧泉！

持續寫作、大量書寫，讓你透過實戰練習，熟習字詞、觀念、文法、修辭、邏輯之於寫作的各種技巧，越用越活，越活越會用，形成良性循環，累積出屬於自己的寫作力。

寫滿一萬個小時，寫滿一百本筆記本，一定能有所得！

用這本書傳授的技巧反覆練習，堅持到底，用心寫努力寫、持續寫、一直寫，寫就對了。

練習

✓拿出行事曆，把閱讀、寫作排進自己接下來一個月的行程表，堅持直到養成寫作習慣為止！

章末Memo：

寫作大補帖

人人都該掌握的
網路寫作秘訣！

網路的誕生，一舉改變了人類閱讀與書寫的習慣。

在過去，書寫工具不發達，傳播書寫成果的科技花費甚鉅。因此，只有少數人得以學習書寫技藝，甚至能夠閱讀的族群也被限定。

例如，兩千多年前的中國，文字是刻在竹子上，製造、複製、保存都很費力，僅只有少數人懂得書寫與閱讀。

從書寫科技史的角度來看，古代的中國之所以出現文言文，純粹是因為書寫工具不發達，人們只好節省文字的使用數量，於是淬鍊出概念密度高且多意性的文字系統。隨著書寫科技的不斷進步與使用成本下降，不再需要如此高度節省的使用文字，於是文字書寫日漸白話。

雖然畢昇比古騰堡更早發明了印刷術，但由於能夠閱讀的族群仍只限於士大夫階層，沒能讓文字透過印刷科技傳散開來。

直到古騰堡讓印刷與資本主義結合，讓文字進入新世代的文明承載者「市民階級」，加上工業革命之後生產技術不斷創新，不斷壓低印刷製造的成本，還有歐洲國家開始推動國民義務教育，才讓文字逐漸普及開來。

然而，印刷術只是普及了閱讀，書寫仍然屬於少數人的專門技藝（雖說簡單的日常書寫不成問題，但是撰寫專門文章，對絕大多數讀者來說仍然是困難的一門技藝），直到網路誕生之後，才澈底翻轉了。

過去的時代，是讀者遠多於作者的時代，網路時代之後，這個趨勢改變了，書寫者的數量逐漸追上讀者，雖然現在仍然是讀者比書寫者多，但未來可能進入書寫者跟讀者一樣多甚至比讀者多的時代。

每個懂得使用網路的人都同時是讀者也是作者，每個人都應該學習書寫技藝，如此方能透過網路與人互動、傳播自己的想法。

書寫如今已經成了人們處理工作與生活庶務，不可或缺的重要溝通工具，我們每天使用Email、臉書、部落格、推特、Line等通訊軟體上發表想法，與人聊天、溝通、談戀愛，處理工作……。

無論如何，至少想要出人頭地，有份好工作、好收入的人，一定要掌握書寫這門技藝，而且還要懂得網路書寫的訣竅，除了能讓自己更順暢的與人溝通聯絡，還能藉此打開自己的事業與生命。

一、先搞清楚，網路寫作的目的？

雖說任何寫作都應該先思考目的，網路寫作卻尤該如此，實在是網路的切換便利性太強大，從工作專業切換到生活休閒，太過容易，且常常兩者根本就是二合一。

雖然都是使用網路發表文章、回覆留言，經營粉絲，但是，無論如何要做好公私之間的區別，絕對不要全部混為一談。

曾經有電視台主播在私人臉書上發表對於特定事件的評論，招來圍剿，才趕緊改口說是個人版面的私密性質留言，替自己惹來不少麻煩。

最好替工作上的網路書寫另外設定一個虛擬的角色，另外成立公眾性質的社群網站帳號或部落格，並且在撰文風格，回覆留言的語氣或行為上作出區別，不讓職場角色與個人生活混淆。

網路消彌了各種人際關係與場域的疆界，如果不能在心理上或行為上作出區別，無法清楚界定上班還是下班，很容易落入網路成癮症候群（無論是自願還是被迫），還可能因為永遠無法下班的責任感壓得自己喘不過氣，造成不必要的情緒疲勞或創傷。

練習

✓ 在社群網站上另外成立一個帳號，或者成立一個部落格，以專業人士的身分（或虛擬一個人格角色）撰寫文章，向世界介紹你的工作或職業領域的各種專業訊息（當然不好透漏公司的業務機密，在可公開的範圍內）。

二、網路寫作載體：網站、部落格、社群軟體、即時通訊

目前來說，人們常用的網路書寫載體大致上有部落格（如痞客幫、天空等，如果是專業工作者，自己架站也不錯）、社群網站（如臉書、推特等）、BBS（如PTT）、即時通訊（Line、WeChat等），另外還有拍賣網站、公司官方網站、電子報等較少人使用但仍然會使用的網路載體。

不同的網路載體，有不同的特性，經營上的著重點也各自不同，很難說誰好誰壞。舉個例子，廢死聯盟曾經成立過臉書粉絲團，可是太過直接且便利的雙向互動，很快的聚集了一大票反廢死或支持死刑人士洗版，攻擊廢死聯盟，最後迫使其放棄經營臉書粉絲團，維持過往的電子報模式。

網路科技的普及雖然不到三十年，已經出現過好幾種引領潮流的資訊承載媒體，每一種媒體型態都吸引了一批死忠的支持族群。

我個人的見解是，如果是初次打算成立網路帳號的朋友，務必選擇當下最新且未來最可能成為主流的媒介。

如果已經是小有名氣，則未必需要因為新的網路媒介誕生就急著將重心轉移。雖說新的網路媒介還是應該介入經營，但經營重心還是應該放在原本讓自己發跡地方。

例如，施以諾博士，台灣基督教界的暢銷作家，其網路書寫的主要經營工具也是電子報，而非臉書或部落格，因為他崛起於電子報盛行的時代，也以電子報開拓了最初的一群死忠支持者。其他像一些超人際的A咖部落客雖然如今也都有了臉書粉絲團，看得出來其網路事業的經營重心仍然還是在部落格上，其他媒介只是輔助！

幾乎每一次上課，都有同學會問我，事到如今，社群網站大勝而部落格逐漸沒落的時代，是否還應該成立部落格？

每一次的答案，都是Yes，而且趕快、立刻。

部落格數量的衰退，其實是天大的好事，特別是對於想要長期經營網路書寫的專業工作者來說。部落格大盛的時代，有許多的部落格只是一般人的吃喝玩樂心情紀錄，就專業領域來說，並沒有太大的閱讀價值。如今這些型態的部落格分別轉進各種社群網站，數量大幅減少，正是可以強化部落格經營的時機。

再加上搜尋引擎對於尋找社群網站站內資訊的能力仍相對薄弱，部落格絕對不該廢棄，即便公司或個人的臉書粉絲團發展得蓬勃旺盛。

比較好的做法，把官方網站或部落格當資料庫（基地），社群網站、ＢＢＳ、電子報當資訊傳散結點，兩者相輔相成。以我自己的情況為例，仍然有不少新工作是透過部落格找上門來，社群網站雖然也有，但比例上仍然比不上部落格！

至於即時通訊，多數人將其視為私人聊天或公務上的簡短開會、事務交辦的媒介，除非是公眾名人，否則較少使用即時通訊經營公眾形象。

三、網路文章寫作秘訣：文案式書寫，下標與速度勝於一切

網路書寫第一個要面對且破除的框架是，它跟我們過往理解的文章格式和要求大為不同。過去的文章很講究文字語法修辭與格式，現在則是根本沒有規則，想怎麼寫都可以（只要不在乎有沒有人讀），甚至允許許多故意的粗俗、惡搞、下流、Kuso。而且最棒的是，寫完就可以逕自發表，沒有人能管得了你。

這也是讓老一輩的文人作家或讀書人很受不了的地方，然而我必須要說，網路書寫和傳統書寫並不是哪一種比較好的問題，只是兩種不同的書寫科技載體特質反應出不同的呈現模式而已。

例如，過往的文章有版面篇幅的侷限；現在文章發表在網路上愛寫多長就寫多長。過往在文章中引用得詳細註明文章出處，而且沒辦法引用影片；網路文章直接以超連結的方式引用，且不只文字，圖片、影像、網站全都能輕鬆引用。

雖然說單純自己寫爽的，愛怎麼寫真的都可以。不過，如果希望自己發表在網路上的文章有人讀，甚至幫忙轉貼、分享，創造流量，還是有一些規則得遵守，以下介紹一些網路寫作的秘訣，讓大家參考參考。

1. 標題殺人法：看到好標題，就先轉了！

網路寫作第一要務是，有個好標題。標題決定一篇網路文章80%的勝負，吸引人的標題就能創造點閱率（轉貼與分享率就不一定了）。是以網路上出現了標題黨、標題殺人法等各種各樣的標題創作現象。

殺死人不償命的驚悚式標題，到底好不好見仁見智。好的標題真的很重要！

想練就一身好的下標功夫，《微寫作》和《文案大師教你精準勸敗術》推薦給你！

練習

✓ 找出一百篇你看到標題之後會想要繼續點進去讀的文章，或者網路上被瘋狂轉載的文章，試著使用歸納法，找出這些標題的共同核心元素！再利用格言警句那一節教授的技巧，試寫出一百個標題！

2. 快者為王：速度就是一切

網路寫作的秘訣，掌握一個獨家訊息之後，以比任何人都快的方式發布！

舉例：劉真跟辛隆低調在戶政事務所登記，被民眾撞見，隨即拍照上傳，引起廣泛討論，連一向自豪速度極快的蘋果日報都含恨推薦！

在網路世界，快就是王道！

3. 捲入度越高越好

網路的特性是雙向互動性，雙方可以立即針對所發表的訊息進行討論或辯駁。好的網路書寫必然是能夠將讀者捲入，使讀者一再回來回覆的文章。即便是讓對方恨得牙癢癢而找上門來跟你吵架，也是一種將讀者捲入的方法。

因此，極端偏頗或激化的網路文章，在這個意義上是好的網路文章，因為能夠引來討論與點閱率，雖然未必真的是好文章。

推薦網站：哲學哲學雞蛋糕

練習

✓找網路上爭議性高的文章或報導，加入討論／對戰的行列。

4. 提問與反詰：

網路上好奇與好心者甚多，凡提問必能引來回覆，反詰必能引來回應。記住，「？」就像鉤子，能勾住人的心不放。網路書寫，多多利用「？」勾住讀者！

提問常用句型：

關於／針對……大大覺得如何？

有人想要……？

求救！拜託！……（帶出問題）

5. 寰宇搜奇：稀奇古怪的事情人人愛

現代人熱愛追求新鮮刺激或了解未知之事，喜愛偷窺名人隱私，想要吸引讀者注意，可以專攻寰宇搜奇路線，提供一般人不知道但卻感到好奇的消息或報導！

舉例：三不五時就會出現報導尼斯湖水怪的消息，永遠有人追逐！

6. 天天更新，即時更新，要有原創性

網路書寫很重要的一個原則是，要天天更新，甚至做到即時更新。不要怕資訊氾濫或淹沒讀者，現代人習慣大量過目瀏覽資訊，唯有衝量才能夠創造出質量。少而精的在網路上發表文章，是已經成名的公眾人物才能享有的特權！

雖然說，現在網路上出現了專門盜取他人網站文章，重新改版編輯或上圖後挪為己用的山寨型網站，且騙到不少流量，但我還是譴責這種做法。網路寫作，應該秉持原創性，寧可自己寫一篇二十分的爛文章，都勝過去偷別人的好文章替自己衝瀏覽率好！

另外，雖然我們現在多很習慣順手轉貼分享自己在網路上看到的好文章，建議不要只是單純的分享轉貼，至少加上一兩句或一兩段，自己對於此篇文章或新聞報導的評論或感想（可參考第六章論說文與時事評論寫作的章節所傳授的技巧）。

7. 要讓讀者有收穫，能感受到樂趣

人們閱讀文章，不外追求兩件事情。新知識的獲取（教育學習），以及讓自己開心快樂（休閒娛樂）。

因此，文章寫作要注意的是，所發表的文章，到底能不能給人收穫或感到樂趣？能夠同時滿足此兩種功能者最強，至少也要能滿足其一，一項都沒有的話，就是垃圾廢文，最好別發了！

8. 讓讀者知道你是誰？透過文章認識你

網路寫作應該在文章中，一點一滴，逐漸的透漏自己，讓讀者知道你是誰？有過那些特殊的學經歷或生命經驗？以自己的聲音發表文章，不要和讀者保持距離或刻意搞陌生化，網路的特色是即時雙向互動，是把讀者當成朋友與夥伴，不是要孤高或裝教主的地方！

9. 恭喜你，如果你是正妹或帥哥

網路上常常有人感嘆，正妹一聲嘆氣的發文換來的讚，遠比我們這些宅男費盡心思用力撰寫的文章來得多很多！

這是現實的無奈，卻也不要太過感慨，畢竟誰不愛看正妹與帥哥？美貌是一種稀有財，美麗的人在網路上的發言就是會得到遠勝於普通人的關注！

所以，恭喜你，如果你是人人稱讚的帥哥美女，你擁有比其他人更好的網路寫作起跑點！

10. 片段式微寫作

網路寫作的長度，從一個字到數萬字都可以，沒有人會管你。

不過，考慮到網路媒介特性和使用者習慣，網路上的文章，以片段式的微寫作為主。片段式微寫作的秘訣是：一針見血，直接破題就帶出高潮。盡量長話短說，不要拖泥帶水。類近文案寫作，不在行文中處理論點與論證，一句話直接告訴讀者結論、答案與感受，精確命中。

不過，網路寫作者想要取得可以直接告訴讀者結論的發言權利，還是得靠發表結構完整的文章，先在網路上取得意見領袖的地位才行！

喔，當然，帥哥與正妹例外！這個族群早以自己優美的影像圖片的大量曝光，替自己換得了意見領袖的發言權利！

11. 口語化

網路書寫大多使用口語化的修辭，特別是習慣使用即時通訊軟體的一代，早已將口語傳播和文章書寫混合為一。

此外，手機平板與電腦載體不適合吃力的思考型閱讀，較適合流暢、翻閱式快速瀏覽，故而文章使用的文字修辭不宜太過艱澀，不要讓讀者得不斷停下來思考琢磨，要讓讀者可以很順暢的閱讀且有所收穫。

口語化，會是比較好的網路書寫修辭風格！

12. 幫文章挑張合適的配圖吧！

這是個沒圖沒真相的時代，更是個發文沒圖就讓人意態闌珊，提不起勁的時代！如果你不是帥哥美女，沒辦法親自貢獻青春而姣好的肉體照片娛樂讀者，那就上網找一些適合搭配文章的圖案吧?!

但要小心著作權的問題，千萬不要非法下載創作者不同意自由取用的圖片，更不要像祭止兀非法盜圖被創作者活逮之後，還死不承認並把對方封鎖，逼得對方來提告，那就糗大了！

13. 只說一件事情

一篇文章，只說一件事情。簡單扼要、清楚明白。

14. 善用關鍵字，提升SEO

網路上的文章，陌生的新讀者大多是透過搜尋引擎找上門。想使用網路寫作開拓新讀者或新客戶，要善用關鍵字。這就是在做搜尋引擎最佳化（Search Engine Optimization，簡稱SEO）。

關鍵字有兩個重點：

第一，文章撰寫時，當成文眼或文章的核心主題，在文章中要反覆出現，但也不要太過密集，約莫三到五次即可。

第二，替文章下標籤（關鍵字）時，除了文章原本使用的關鍵字外，挑選下標關鍵字要和當下的熱門時事議題結合。

例如，雖然是一篇寫作教導自傳履歷寫作技巧的網路文章，在下標關鍵字的選擇除了「履歷自傳」、「文章寫作」之外，還可以考慮「青年低薪化」、「22K」等字眼。

下標的思考邏輯是，誰最應該看到我所寫的這篇文章？這些人最關心的議題的關鍵字是什麼？

四、網路寫作的文體類型

如果還是不知道，網路書寫該寫些什麼？或者網路書寫有哪些書寫體例可以採用，以下是一些常見的網路文章寫作類型，供您參考使用：

開箱文、懶人包、打卡文、轉發文、感謝文、好康推薦文、勵志文、格言語錄文、日記／隨筆／雜文／小品、發問文、抒情文、專業文、Know-how文、廣告（業配）文、評論文章（時評、食評、書評、影評）、吃喝玩樂文、遊記文、口碑推薦／打臉黑特文……。

五、知識型文案，即便文采不好，也能寫出高銷售力的文案寫作技巧

這幾年觀察網路行銷的發展趨勢後，我發現一種新的文案行銷手法，是配合網路特性所誕生的電子商務文案型態，我將之命名為「知識型文案」。

定義：

透過介紹介紹新奇有趣實用的知識／資訊，導引（窄）目標消費者進行購買的一種文案文案寫作與行銷宣傳方法。

特色：

與傳統廣告文案的訴求不同，知識型文案不透過反覆播放的方式對人進行品牌／產品／服務的印象植入，而是透過新知傳授讓人產生興趣，進而樂於代為傳播分享轉貼，透過六人小世界，讓此一文案以知識創新傳播的方式散布開來，最後抵達潛在客戶面前。

內容（content）→社群（community）→商業（commerce）

例如：

Mr.6、iFit……等知名社群網站上的文章，不少便以「知識型文案」的方式，販售產品／服務。

知識型文案適用於利基型市場、網路行銷、電子商務。

知識型文案寫作秘訣

1. 破題：以一個常見的疑惑，帶出問題意識

破題所介紹的問題，將是本篇文案最後承諾提供的產品／服務要幫忙處理解決的問題。

例如：

有暗沉黑斑，很惱人。

介紹一個實際的個案狀況。

再告訴大家，惱人的黑斑暗沉問題其實是可以解決的。

2. 知識性訊息解題

介紹讀者所不知道的知識性訊息。

讓讀者覺得有收穫，並了解問題。

關鍵：以知識性訊息來帶出文案重點，好帶出推薦給潛在客戶的產品／服務。

例如：

介紹生活中常見造成黑斑的原因，以及形成黑斑沉澱的原由，和預防黑斑的（免費）的方法。

3.帶出解決問題的辦法

介紹使用某項產品／服務，可以完全消除黑斑（但要小心觸法問題）。

4.結論

見證宣言：改善狀況，煩惱症狀消失。

指出購買資訊。

不強迫推銷，不購買服務者也可以透過知識型文案中的文章，習得足夠多的知識或資訊，也可以自行再找尋其他解決問題的辦法，不一定要採購文案最後推薦的產品／服務／課程。

範例閱讀：

Mr.6為出版提案、快速寫作等課程撰寫的知識型文案

人生只需成功一次，而那一次不是靠運氣而是靠「一鼓作氣」http://mr6.cc/?p=8088

成功作家不告訴你的秘訣：如何輕鬆一氣呵成、大量產出文字？·http:mr6.cc?p=8202

你是想創業，還是想當ＳＯＨＯ族？·http:mr6.cc?p=8206

一天如何得到26小時？·http://mr6.cc/?p=8370

章末Memo：

參考書目

本書之所以能夠順利完成，很大一部分要歸功於底下所羅列的作品，對於我的寫作工作乃至寫作方法之形塑的幫助，本書組稿過程中也參考或得益於以下作品的幫助，讓我能夠一點一滴地建構出自己的寫作方法。

Anne Lamott，《關於寫作：一隻鳥接著一隻鳥》，晴天

Michael Miller，《致：網路世代的小編－掌握關鍵字／寫出影響力／提升文案吸睛度》，禾果

三田紀房，《東大特訓班》，台灣東販

千田琢哉，《賺進版稅一億元》，悅知

大澤在昌，《暢銷小說面面觀》，野人

小川仁志，《這麼動人的句子是怎麼想出來的？》，大是文化
山口拓朗，《一寫就熱賣》，先覺
山口紀生，《日本貴族小學的作文課》，世茂
川上徹也，《為什麼超級業務員都想學故事銷售》，大樂文化
手塚千砂子，《讚美日記》，方智
卡曼．蓋洛，《跟TED學表達》，讓世界記住你，先覺
史迪芬．平克，《寫作風格的意識》，商周
史蒂芬金，《史蒂芬金談寫作》，商周
布萊克．史奈德，《先讓英雄救貓咪》，雲夢千里
布萊克．史奈德，《先讓英雄救貓咪2》，雲夢千里
安東尼．威思頓，《學會思考你贏定了》，所以文化
安迪．麥斯蘭，《寫出銷售力：業務、行銷、廣告文案撰寫人之必備銷售寫作指南》，經濟新潮社
安廣福，《哲學家的說服法》，商務印書館
成毛真，《成功人士為什麼這麼在意書櫃》，大是文化
克里斯多佛強森，《微寫作》，漫遊者
有田憲史，《怎麼樣把文案寫好》，晨星

艾可，《一個青年小說家的自白》，商周
威廉·貝瑞，《一次寫出勸敗神文案：從平面DM到臉書宣傳，這樣的廣告最推坑！》，商周
艾可，《艾可談文學》，皇冠
西村克己，《圖解邏輯思考的入門書》，商周
西村克己，《邏輯思考法圖解》，商周
佐佐木圭一，《一句入魂的傳達力：掌握關鍵十個字，讓別人馬上聽你的、立刻記住你》，大是文化
佐藤傳，《晨間日記的奇蹟》，易富文化
希莉婭·藍·強森，《靈感來了》，高寶
赤瀨川原平等，《路上觀察學入門》，行人
拉芮恩·哈齡，《呼吸寫作》，木馬文化
芭芭拉·明托，《金字塔原理》，經濟新潮社
施翔程，《用心智圖寫作文》，晨星
珍妮·康納，《靈魂寫作》，啟示
唐崇達，《Facebook文案讚》，渠成
娜妲莉·高柏，《心靈寫作》，心靈工坊

娜妲莉・高柏，《狂野寫作》，心靈工坊
娜妲莉・高柏，《寫在燦爛的春天》，心靈工坊
娜妲莉・高柏，《療癒寫作》，心靈工坊
耿一偉，《故事創作Tips：32堂創意課》，書林
茱莉亞・卡麥隆，《創作，是心靈療癒的旅程》，橡樹林
茱莉亞・卡麥隆，《寫，就對了》，橡樹林
馬克・李維，《自由書寫術》，商周
高杉尚孝，《麥肯錫寫作技術與邏輯思考》，大是文化
張大春，《文章自在》，新經典
梅森・皮里，《邏輯即戰力》，所以文化
麥肯納利，《邏輯力》，久石文化
傑米・惠特，《邏輯思考防身術》，漫遊者
傑瑞米・唐納文，《破解！撼動全世界的TED秘技》，行人
喬安尼・羅達立，《幻想的文法》，四也文化
喬爾根・沃夫，《寫作的秘密》，如何
愛德華・摩根・佛斯特，《小說面面觀》，商周
詹姆斯・傅瑞，《超棒小說再進化》，雲夢千里

詹姆斯・傅瑞，《超棒小說這樣寫》，雲夢千里

鈴木銳智，《小論文大師教你寫作的技術》，大樂文化

雷・布萊伯利，《寫作的禪意：釋放你內在的創意天才》，麥田

歌德夏，《故事如何改變你的大腦》，木馬

瑪莉派佛，《用你的筆改變世界》，大是文化

蔡淇華，《寫作吧！你值得被看見》，時報

黛安娜・雅各《告訴你有多好吃：我的第一本美食寫作書》，甜茴香

羅伯特・布萊，《精準勸敗術》，大寫

羅伯特・麥基，《故事的解剖》，漫遊者

瀧本哲史，《決斷思考就是你的武器》，就是創意

啟思路5　PI0039

作文課沒教的事
──培養寫作力的6項修練

作　　者　王乾任
責任編輯　洪仕翰
圖文排版　賴英珍
封面設計　王嵩賀

出版策劃　釀出版
製作發行　秀威資訊科技股份有限公司
114 台北市內湖區瑞光路76巷65號1樓
電話：+886-2-2796-3638　傳真：+886-2-2796-1377
服務信箱：service@showwe.com.tw
http://www.showwe.com.tw
郵政劃撥　19563868　戶名：秀威資訊科技股份有限公司
展售門市　國家書店【松江門市】
104 台北市中山區松江路209號1樓
電話：+886-2-2518-0207　傳真：+886-2-2518-0778
網路訂購　秀威網路書店：http://www.bodbooks.com.tw
國家網路書店：http://www.govbooks.com.tw
法律顧問　毛國樑　律師
總 經 銷　聯合發行股份有限公司
231新北市新店區寶橋路235巷6弄6號4F
電話：+886-2-2917-8022　傳真：+886-2-2915-6275

出版日期　2016年8月　BOD修訂版
定　　價　350元

Printed in Taiwan

國家圖書館出版品預行編目

作文課沒教的事：培養寫作力的6項修練 / 王乾任著. -- 一版. -- 臺北市：釀出版, 2016.08
面；　公分. -- (啟思路；5)
BOD版
ISBN 978-986-445-136-4(平裝)

1. 寫作法

811.1　　　105012015

讀者回函卡

感謝您購買本書，為提升服務品質，請填妥以下資料，將讀者回函卡直接寄回或傳真本公司，收到您的寶貴意見後，我們會收藏記錄及檢討，謝謝！如您需要了解本公司最新出版書目、購書優惠或企劃活動，歡迎您上網查詢或下載相關資料：http:// www.showwe.com.tw

您購買的書名：____________________

出生日期：______年______月______日

學歷：□高中（含）以下　□大專　□研究所（含）以上

職業：□製造業　□金融業　□資訊業　□軍警　□傳播業　□自由業　□服務業　□公務員　□教職　□學生　□家管　□其它______

購書地點：□網路書店　□實體書店　□書展　□郵購　□贈閱　□其他

您從何得知本書的消息？

□網路書店　□實體書店　□網路搜尋　□電子報　□書訊　□雜誌　□傳播媒體　□親友推薦　□網站推薦　□部落格　□其他______

您對本書的評價：（請填代號　1.非常滿意　2.滿意　3.尚可　4.再改進）

封面設計____　版面編排____　內容____　文／譯筆____　價格____

讀完書後您覺得：

□很有收穫　□有收穫　□收穫不多　□沒收穫

對我們的建議：____________________

請貼
郵票

11466
台北市內湖區瑞光路 76 巷 65 號 1 樓
秀威資訊科技股份有限公司 收
BOD 數位出版事業部

....

（請沿線對折寄回，謝謝！）

姓　　名：________________ 年齡：________ 性別：□女　□男

郵遞區號：□□□□□

地　　址：____

聯絡電話：(日) ________________ (夜) ________________

E-mail：____